▲ 齐白石　石门二十四景图　槐荫莫蝉图

▲ 齐白石　石门二十四景图　石泉悟图

▲ 北宋　刘寀　落花游鱼图

▲ 明　项圣谟　花卉十开花　荷花

▲ 明　项圣谟　花卉十开花　莲蓬、莲藕

▲ 明 项圣谟 花卉十开花 桃花　　　　▲ 明 项圣谟 花卉十开花 菊花

▼ 齐白石　石门二十四景图　古树归鸦图

▲ 宋　刘松年（款）　青绿山水长卷（局部）

◀ 明　文俶　花卉图
▶ 宋　文同　墨竹图

▲ 明　吕纪　四季花鸟图　夏

▲ 明 吕纪 四季花鸟图 春

▼ 齐白石　借山图

▲ 明　吕纪　残荷鹰鹭图

何新谈
诗词之美

何新 —— 著

中国出版集团　现代出版社

图书在版编目（CIP）数据

何新谈诗词之美 / 何新著 . — 北京：现代出版社，2020.1
（何新文选）
ISBN 978-7-5143-8017-0

Ⅰ . ①何… Ⅱ . ①何… Ⅲ . ①古典诗歌—诗歌研究—中国 Ⅳ . ① I207.2

中国版本图书馆 CIP 数据核字 (2019) 第 183755 号

何新谈诗词之美

作　　者：何　新
责任编辑：张　霆　谢　惠
出版发行：现代出版社
通信地址：北京市安定门外安华里 504 号
邮政编码：100011
电　　话：010-64267325　64245264（传真）
网　　址：www.1980xd.com
电子邮箱：xiandai@vip.sina.com
印　　刷：三河市国英印务有限公司

开　　本：710mm×1000mm　1/16
印　　张：15.75　　　　　　　字　　数：223 千
版　　次：2020 年 1 月第 1 版　　印　　次：2020 年 1 月第 1 次印刷
书　　号：ISBN 978-7-5143-8017-0
定　　价：46.00 元

目 录

《红楼梦》诗词解析

谈诗论美

《诗经》新解

《诗经·周南·关雎》释解

《诗经·周南·关雎》：

关关雎鸠，在河之洲。

窈窕淑女，君子好逑。

参差荇菜，左右流之。

窈窕淑女，寤寐求之。

求之不得，寤寐思服。

悠哉悠哉，辗转反侧。

参差荇菜，左右采之。

窈窕淑女，琴瑟友之。

参差荇菜，左右芼之。

窈窕淑女，钟鼓乐之。

译文：

咕咕叫的杜鹃鸟，鸣叫在河中小岛。

那苗条秀美的姑娘，真是君子好配偶。

长长短短的水中萍，可以左右采摘。

那苗条秀美的姑娘，只能在梦中追求。

追求啊却得不到，只能夜夜思念她。

翻过来掉过去，为她辗转难眠……

长长短短的水中萍，我可以左右捞取。

那苗条秀美的姑娘，我愿弹奏琴瑟呼唤。

长长短短的水中萍，我可以左右采索。

那苗条秀美的姑娘，我愿鸣钟击鼓邀请……

《关雎》是一首贵族君子的爱恋情歌，而不是一个普通的民间男子与采荇姑娘的恋歌。"荇菜"喻指"淑女"，"流""采""芼"则对喻"追求""亲近""欢合"。

孔子以此诗作为《诗经》之首篇，似寓有深意。盖以"美人"（淑女）作为其所期待的政治理想之诗化象征，可望而不可即，因此"琴瑟'邀'（友）之，钟鼓'悦'（乐／迎／邀）之"，皆有所寄托也。

"关关"，《毛传》："和声也。"《玉篇》："关关，和鸣也。关，或作官。""关关"，即今语"咕咕""呱呱"，拟声词也。

"雎鸠"，旧注或说为"鸷鹰"，或谓"鱼鹰"（焦循《毛诗补说》），皆猛厉之禽。以之象征少女，殊谬。余冠英注译《诗经选》云："未详何鸟。"邵晋涵亦说为鱼鹰。以此丑陋之鸟为淑女或君子象征，甚妄！《诗经》中别有鱼鹰之名，称"维鹈"。《诗经·曹风·候人》："维鹈在梁，不濡其翼。"注："今之鹈鹕也，好群飞，沉水食鱼。"所言"鹈鹕"，即鱼鹰，而非"雎鸠"。

"雎鸠"，即扬雄《方言》之谓"鸤鸠"。《毛传》："鸤鸠，秸鞠也。""秸鞠"，即"雎鸠"之音转，亦即杜鹃。杜鹃，多名，"东齐海岱之间谓之戴南……或谓之戴胜"。

杜鹃，乃民俗以为报春之鸟，又以为孤独之鸟。《淮南子·泰族训》："关雎兴于鸟，而君子美之，为其雌雄之不乘居也。""乘"，双也。其说认为"关雎"以孤鸟为象征，寄托以求偶之思，甚确！"雎"音从佳（古音"堆"），"堆""土""杜"古音相通。"鸠""鹃"一音之转。"雎"字从且，"且"古音与"姐""姊"谐音，与"子"音近通。"鸠"古音与"龟""归"通。"雎鸠"，即"子规"又作"姊归"也，转语又作"鹧鸪"，其变名甚多，如"子巂""杜宇""望帝"等。

"杜鹃"即"雎鸠"之语转。"鹃"，即"鸠"，一音之转。杜鹃，学名大杜鹃（cuculus canorus），无营巢习性，故民俗谓之"孤独鸟"。所谓"杜鹃"，实即"独鹃"也。杜鹃不营巢，繁殖季节将自己的卵产于其他鸟类的巢中，让其他鸟类代为孵卵和育雏。所谓"鹊巢鸠（鹃）居"（参见"维鹊有巢，维鸠居之"），即指此。

由于杜鹃性孤独，因此古诗中常用以喻鳏夫，又常以杜鹃为求偶未匹者之爱情象征。杜鹃鸣叫脆亮若"bugu"——"bugu"，即"布谷"——"不孤"，切音即所谓"咕咕"——"关关"也。

《尔雅翼·释鸟》："子巂，出蜀中，今所在有之，其鸣声若'归去'，故《尔雅》为'巂'，《说文》为'子巂'，《太史公书》为'秭鸠'，《高唐赋》为'姊归'或'子规'，徐广为'子雟'，字虽异而名同也。亦曰'望帝'，亦曰'杜宇'，亦曰'杜鹃'，亦曰'周燕'，名异而实同也。"

又，远古物的名字随音转，"鹧鸪"实亦"子规"音转。

《诗经·唐风·扬之水》解译

《诗经·唐风·扬之水》：

> 扬之水，白石凿凿。
> 素衣朱襮，从子于沃。
> 既见君子，云何不乐？
> 扬之水，白石皓皓。
> 素衣朱绣，从子于鹄。
> 既见君子，云何其忧？
> 扬之水，白石粼粼。
> 我闻有命，不敢以告人。

这是一首记叙一对贵族男女在水边偷情、幽会的爱情诗篇。旧说《毛传》、朱熹等，以及今人则都以为此诗是政治诗篇，其实穿凿无据，盖解诗当以诗论诗。

译文：

> 激扬的流水，冲刷白石哗哗响。
> 跟着你的红领白衣，与你来到泉水边。
> 已经见到你，心中能不高兴？
> 激扬的流水，冲得石块白又白。

跟着你的红绣白衣，与你来到沼泽畔。

已经见到你，还有什么忧愁？

激扬的流水，流过白石闪光亮。

我听到了你的叮咛，绝对不会告诉别人。

"凿凿"，旧说鲜明貌，不确。《说文》："凿，穿木也。"破石亦曰"凿"。"凿凿"，模拟凿之声音也。此模拟沃河流水声哗哗如凿。

"素衣朱襮""素衣朱绣"二句，丝之未染曰"素"，"朱"即橘红色，"襮"即袖。闻一多说"襮"谓衣领、衣袖，周代贵族男子以丝绣物为标记。"君子"，对贵族的称呼。

"沃"，旧说从《毛传》谓指曲沃，不确，未必。《尔雅·释水》："沃，泉悬出。"刘熙《释名》："悬出曰沃。"意思是，悬挂的流水曰"沃"。但"沃"亦非瀑布，不如其高与大也。曲沃，得名亦本此。清修《曲沃县志》："沃水潆回盘旋，是为曲沃。"

"鹄"，通"皋"，沼泽地也。《毛传》释："曲沃邑（名）也。"不确。

清马瑞辰曾经详细考证，略云："鹄，古通作皋。《焦氏易林·否之·师》：'扬水潜凿，使石洁白。衣素表朱，游戏皋沃。'义本此诗。皋沃，即此诗'从子于沃''从子于鹄'也。'皋'与'鹄'古同声，'皋'通作'鹄'。皋者，泽也。"《诗经·小雅·鹤鸣》："鹤鸣于九皋，声闻于野。"《毛传》："皋，泽也。"《韩诗章句》："九皋，九折之泽。"《焦氏易林·豫之·大过》又作"游戏皋泽"。"皋沃""皋泽"，皆古语之沼泽也。

"命"，《尔雅·释诂》："命，告也。"《玉篇》："教令也。"王令曰命，嘱告也曰命。"有命"，此当释为嘱告。

释注此诗，今人都追随《毛诗序》的说法，认为这首简单质朴的爱情诗是一首负荷着很多政治内容的阴谋之诗。

《毛诗序》："《扬之水》，刺晋昭公也。昭公分国以封沃，沃盛强，昭公微弱，国人将叛而归沃焉。"

历代以来，说此诗者皆从毛说。例如，朱熹《诗集传》："晋昭侯封其叔父成师于曲沃，是为桓叔。其后沃盛强而晋微弱，国人将叛而归之，故作此诗。"严粲《诗缉》："时沃有篡宗国之谋，而潘父阴主之，将为内应，而昭公不知。此诗正发潘父之谋。"近人陈子展《诗经直解》："《扬之水》，揭露桓公既得封于曲沃，而阴谋叛乱之作。"诸如此类，云云。

余旧著《风与雅》亦尝从此说，唯近日重读清马瑞辰《毛诗传笺通释》乃有新知。故顿悟此诗未必与政治相关，实乃一纯粹爱情诗，盖描写一对贵族男女于水畔幽会、野合之快乐也，而作者当是一位年轻女性。

【附】

马瑞辰（1782—1853），字元伯。安徽桐城人。嘉庆十五年（1810）进士，官至工部都水司郎中。后遭陷害被罢职，流放至今黑龙江。数年后释归回籍，曾经于江西白鹿洞书院、山东峄山书院、徽州紫阳书院讲学，乡居数十年，以著述自娱。

马瑞辰是清代代表徽派朴学的重要学者，以治《毛诗》成就卓著，精通训诂学，以古音、古义证明讹互，以双声、叠韵分别其通假，曾指出："《毛诗》用古文，其今字多假借，类皆本于双声、叠韵，而《正义》又或有未达。"马瑞辰著有《毛诗传笺通释》，书中收集训诂语言资料宏富，多能探赜达指。

《诗经·郑风·溱洧》解译

《诗经·郑风·溱洧》[1]记录了春秋时期郑国上巳节的欢乐情景：

溱与洧[2]，方涣涣兮。士与女，方秉蕳兮。

女曰"观乎！"士曰"既且"。

"且往观乎！"洧之外，洵訏且乐。

维士与女，伊其相谑，赠之以勺药。

溱与洧，浏其清矣。士与女，殷其盈兮。

女曰"观乎！"士曰"既且"。

"且往观乎！"洧之外，洵訏且乐。

维士与女，伊其将谑，赠之以勺药。

译文：

溱河、洧河，流水哗哗。男男女女，在这里翩跹洗浴。

姑娘说："给你泼水吗？"小伙儿说："来吧。"

"请你也给我泼泼！"洧河岸边，到处欢声笑语。

---

① 文中引用《诗经·郑风·溱洧》的逗点为作者自己点校，不参考其他版本。

② 溱水发源于今河南省新密市东北圣水峪，洧水发源于今河南省登封市东的阳城山，两条河在新密市汇合，
   称双洎河，东流入贾鲁河。

少男少女，调笑戏谑，互相赠送芍药花。

湊河、洧河，流动清波。男男女女，塞满了河流。

姑娘说："给你泼水吗？"小伙儿说："来吧。"

"请你也给我泼泼！"洧河岸边，到处欢声笑语。

少男少女，调笑戏谑，互相赠送芍药花。

此诗记述每年仲春三月上巳节，郑国的少男少女们齐聚湊河、洧河畔，结伴洗浴。"观"，即灌，洗浴（参见何新《易经新解》的"观卦"考释），以及戏水游春之乐。

古代的上巳节原是盛大的迎春狂欢节，有一系列浪漫的迎春活动。

其中，最重要的三项活动是：祭祀高禖神（生殖神），男女在春河中洗浴玩乐——"脩禊"，以及情人自由幽会的野合狂欢。

"巳"这个字的本义是蛇和男性生殖器（蛇常是生殖器的象征物）的象形。所谓"上巳"，含有生殖器崇拜。在夏历三月上旬的巳日这一天，人们群聚于水滨嬉戏、洗濯，祓除不祥，同时求福祈子。

在上古，上巳节不仅是一个在野外洗浴戏水的节日，也是祭祀高禖神祈祷多子、求偶快乐的爱情及野合之欢乐的节日。因此，上巳节在各地民间也被称作桃花节、女儿节，实际是古华夏的情人节。

上巳日应为三月初八，即夏历三月的第一个巳日。汉魏以后，改为三月初三日。

《左传·庄公二十三年》有一则记录云："三月，公如齐观社，非礼也。"意思是，在这一年三月，鲁庄公到齐国观看"闹社"，这是违背礼教的。为什么去别国观看"闹社"会违背礼教呢？这段记载很隐晦，其实所谓"社"就是齐国祭祀春神和上巳神的活动。因此，《穀梁春秋》说得比较明白："观，无事之辞也，以是为尸女也。"闻一多曾经考证得明白，"尸"是性交的隐喻，鲁庄公去齐国"尸"女就是去玩女人。所以，史官说鲁庄公"非礼也"。

古代（秦汉以前）的上巳节活动中最为浪漫的活动，就是人们三月三日临河泼水、洗浴（被禊）的"盥礼"（《易经》之"观卦"也是记录这个节日的），以及"野合"（同"社"，闹社）。

早在商、周时代，每逢三月的第一个巳日（上巳日），人们就要到水边去祭祀，并采集香薰的草药花朵沐浴，称为"被禊"或"脩禊"（洗洁）。

《周礼·春官》："女巫掌岁时被除衅浴。"郑玄注："岁时被除，如今三月上巳如（入）水上之类。衅浴，谓以香薰草药沐浴。"此浴水风俗，汉晋仍存。《汉书·礼仪志》："是月上巳，官民皆洁于东流水上，曰洗濯被除，去宿垢病，为大洁。"《宋书·礼志二》引《月令》注："暮春，天子始乘舟。"蔡邕《章句》："今三月上巳，被于水滨，盖出于此也。自魏以后但用三日，不以巳（日）也。"

有趣的是，据《史记·孔子世家》记载，孔子是父亲孔叔纥在鲁国尼丘的一个上巳节与颜氏少女野合而生。

据《论语》记载，曾皙说："我的愿望是，暮春时节，穿着新制的春服，与朋友们到沂水边沐浴，吹风而舞。"孔子说："我欣赏你的理想。"晋潘尼有诗曰："暮春春服成，百草敷英蕤"，"羽觞乘波进，素卵随流归"。这也是记述上巳节迎春的习俗。

魏晋以后，这种在新春于河畔洗浴玩乐甚至野合的"被禊"风俗逐渐演变为文质彬彬的"脩禊"之礼。《荆楚岁时记》："三月三日，士民并出江渚池沼间，为流杯曲水之饮。"所谓"曲水流觞"之礼，即用酒杯盛酒放入弯曲的水道中任其漂流，看酒杯停在谁的面前，谁就引杯饮一口。至此，古代的上巳节已经完全失去其本义。

《诗经·秦风·蒹葭》解译

通过对原始时代族内两性禁忌的讨论，可以解决古史和古礼制研究中几个过去一直难以解释的问题。据先秦典籍的记载，古代曾实行一种学宫制度，男孩子到了八岁就要离开父母膝下住宿于学宫。

> 古者年八岁而出就外舍，学小艺焉，履小节焉。（《大戴礼记·保傅》）
>
> 及太子少长，知妃色，则入于小学，小者所学之宫也。（《大戴礼记·保傅》）
>
> 八岁入学学书记，十五成童志明，入大学学经籍。（《白虎通·辟雍》）
>
> 六年教之数与方名……九年教之数日，十年出就外傅，居宿于外，学书记……成童（注：十五以上）舞象，学射御，二十而冠，始学礼……博学不教，内而不出。（《礼记·内则》）

过去的研究者，包括古代的注家，都单纯把这种礼制的记载看作一种理想化了的贵族教育制度，却普遍忽略了这些记载中极为重要的两点：

（1）这种学宫制度实际上是一种集体的同性宿舍制度。

（2）这种制度建立在由八岁到十五岁逐渐严格化的男女隔绝上（即由所谓"履小节"到"履大节"，以及"内而不出"）。

这里尤其值得注意的是，这种学宫的隔绝时期恰恰开始在"少长，知妃（即女人）色"之后。德国人类学家亨利希·舒尔茨（1863—1903）在《年龄等级和男性结社》一书中，记述了原始社会和民族中存在的"男性宿舍"和"男性秘密结社"现象。他注意到，在这种秘密结社中，都具有象征死亡和新生的入社礼仪，这种礼仪的主要形式是成年礼。在原始社会中，还建立了男性宿舍、节日聚会房、同性俱乐部等特殊建筑物。这种秘密结社不仅有年龄的限制，而且有性别的限制。例如，对违背这种限制而进入禁区的女人，不管其为同族或异族，都将给予毫不留情的严惩，直到处死。舒尔茨认为，这种男性秘密结社不仅存在于蒙昧的原始时代，而且在较晚近的文明社会中也仍然以不同形式保留下来。这就形成了文明社会之内的"第二社会"——地下社会或黑帮。（请注意，这一看法是引人深思的。中国古代被称作"侠"的团体，是否就属于这种"第二社会"呢？）

由此，我们也就可以解释为什么古代的学宫会得到一个极为奇怪且历代训诂家莫不感到费解的名称——辟雍。实际上，"雍"通作"宫"。闻一多《古典新义》（中华书局，2011 年版）："是雍与宫亦本一语。宫声变而为雍，犹之籀文容从公声也。"辟雍，就是"别宫"或"避宫"，也就是防避与异性接触的男性宿舍。

杨宽在《古史新探》（中华书局，1965 年版）中虽然没有意识到学宫制度具有两性禁忌和隔离的性质，但是注意到了这种学宫在建筑地址的选择上具有一个明显的特点：

辟雍设在城外郊地。四周有水池环绕，三面或四面环绕，使之与外界隔绝。中间高地上建有厅堂式草屋，附近有园林池沼。

孙诒让《周礼正义》："辟雍之制，四面有水，而屋居其上。"陈奂疏："辟雍始于殷。王制之'右学'，祭义之'西学'，明堂位之'瞽宗'，皆殷之辟雍也。文王仍殷制，辟雍在郊。"

《大戴礼记·盛德》："明堂者……以茅盖屋，上圆下方……外水曰辟雍。"

《韩诗外传》也说辟雍"圆如璧，雍之以水"。

但是，杨宽未能解释这一特点。殊不知，所谓"明堂"，其实就是高大而明亮的集体宿舍。这种宿舍之所以必须选择有水环绕的地点修建，目的正是便于实行男女间的隔离。由于引水隔离，所以辟雍的别名又称作"泮宫"（水泮之宫）。

由此，我们方可以深刻地理解《诗经》中的几首诗。在这些诗中，互相爱慕的男子和女子往往被河水隔断。例如，《诗经·秦风·蒹葭》：

> 蒹葭苍苍，白露为霜。
>
> 所谓伊人，在水一方。
>
> 溯洄从之，道阻且长。
>
> 溯游从之，宛在水中央。

（译文：芦荻青青，雾露凝霜。亲爱的她啊，在水的那一方。想绕过那水源，无奈路艰险而且长。顺着河探望啊，她好像伫立在水中央。）

《诗经·周南·关雎》：

> 关关雎鸠，在河之洲。
>
> 窈窕淑女，君子好逑。
>
> 求之不得，寤寐思服。
>
> 优哉游哉，辗转反侧。

（译文：咕咕叫的杜鹃鸟，住在河中的沙洲上。那苗条秀美的好姑娘，正是他的心上人。想啊想啊却见不到面，只好睡梦中诉心愿。一场梦醒一场空，人在枕上难成眠。）

从这些诗中可以看出，这些情人和恋人正是由于河水的隔离而难以自由相见。在较宽广的文学意义上，我们当然也可以把诗中所说的"水"看作一种广义的象征符号——暗示爱情所遭遇的各种困难。但这些诗歌的情感和句法表现上的质朴和真纯，使我们倾向于形成这样的一种看法：它们实际上正如《山海经》中那个思士、思女的神话一样，既是一种抽象的象征性意象，又是一种纪实，从而表明了被辟雍——"泮宫"制度隔离开的思男、思女之间的恋情和心声。

这里值得注意的是，由于男子从童年至青年的整个时期都在这种被水隔绝的辟雍中度过，因此辟雍也必然成为培养训练他们成为有技能的猎手、战士的场所。杨宽《古史新探·我国古代大学的特点及其起源》："西周大学不仅是贵族子弟学习之处，同时又是贵族成员集体行礼、集会、聚餐、练武、奏乐之处。西周大学的教学内容以礼乐和射为主。"这基本是正确的。只是他没有指出，辟雍乃是一个只限于男性进入和活动的场所——男性俱乐部，而女性即使是贵族、公族、国族也不得进入。更重要的是，古代在辟雍中实行性教育。《白虎通·辟雍》："教者当极说阴阳夫妇变化之事，不可父子相教。"由此，我们还可以正确地解释一种古代的成年礼——冠礼。这实际上就是男孩子成熟后成为部族正式成员，从而脱离辟雍的一种重要典礼。

在介绍中国古代的成年礼之前，我们首先介绍一下其他民族的成年礼，以便进行比较。据国外人类学资料记载：

> 许多部落年轻男女性成熟后，都要通过仪式把他们接纳到社会中来。
>
> 无论是否举行正式的仪式，在青年发育成熟前，总要完成对他们的教诲，学习前辈传下来的熟练技术、部落道德和宗教知识，教他们公民学，教他们关于社会行为、互助和所有"能做的和不能做的事情"（按：这实际上就是中国古代所说的学习"礼"，即"履小节"以及"履大节"）。
>
> 假如要举行一次正式的毕业典礼之类的仪式，那么在此前常要有专门进行教导的一段时期，灌输关于身体的、教育的和神的概念，为即将到来的严格的成年礼做好准备。
>
> 男孩子在成年礼仪式中必须显示出他已充分具备一个男子汉的素质。考验个人的能力往往具有某种强制性质。这种强制性的仪式，是十分残酷

的肉刑，如毁面损容、割生殖器以及拔门齿等，以此象征童年的死亡和一种新生命的开始。也有让孩子们长时期隐居在荒野之中做智力和体力的准备，远离温暖的家庭和亲人，在扮演精灵的老人引导之下经受严格的考验，最后把绝不能让妇女知道的秘密告诉他们。这是成年礼的高潮。此后，他们才能分享成人的权利。

南美洲火地岛锡克兰人的成年礼过程如下：

在森林的边缘，选择一个合适的地点——它必须是完全隐蔽的，并且要适合狩猎，以便提供食物，建造一座茅屋。男孩子们离开家庭，告别时妇女们号哭起来。男孩子们被送到这个与外界隔离的地点，接受体力、技能、智力、文化和耐受力的严酷训练。在神圣的集体房中，每个人的位置都有严格的规定，既不许说话又不许笑，眼睛必须看着地。他们只有一点点食物，几乎不准睡觉，经常在老人的领导下翻山越岭，做长途行军。他们必须定期练习，增强射箭的能力。当他们精疲力竭回到居住地后，还必须静听关于历史学和公民学的教导。几个月后，本族最德高望重的老人来给他们讲述最神圣的秘密——天地万物和人类起源的神话。当他们最后在部族长老率领下告别这座神圣的房屋时，他们已经成了令人敬畏的男子汉了。

据我们所见到的文献，在原始民族中不可能存在"男女合校"的教育。教给男孩子和女孩子的知识和性规则是各不相同的。考验都具有严酷的性质，更重要的是丛林学院中的课程包含有巫术的内容，这就尤其不容男女混杂。两性各有自己的终身秘密，当举行成年礼时男性和女性需要严格隔离。这不仅是一种风俗，而且是神圣的法律，任何违反都将被认为会招致神罚——个人和集体生病或死亡。

许多原始社会中都有女性的秘密结社组织（按：中国古代祭高的宫——秘密之宫可能就是部族女子秘密会社的场所①）。

---

① 中国个别少数民族中至今尚有专用女性文字，如湖南瑶族千家侗的"女书"。

非洲过去曾存在千百个这样的妇女秘密会社，其中最有名的是在尼日利亚的蒙迪兰（Mendiland）的一个女性会社。在她们秘密的聚会地点，严禁任何男子进入，违者将被杀死、罚款或卖作奴隶。

从这些男性和女性的秘密会社中毕业以后，通过连续的绝食、学习、苦修和训练，他们经历了一次"死亡"——童稚时代的死亡，而成年礼则宣告了他们的"再生"。①

美国民族学家埃来德在《生与再生》（*Birth and Rebirth*）一书中谈到原始民族的入社礼仪时指出：

他们接受师长给予的冗长教训，目睹了神圣的仪式，也经历了一连串的神判。多数入社仪式的考验，都显然多少暗示着一种仪式性的死亡和随后的复活或再生。每一入社仪式的重要时刻都举行着象征入社新人的死亡和他再生的仪式。同时，还表示着他童稚期、无知和无宗教观时期的终结。

值得注意的是，中国古代男子的成年礼——冠礼，事实上正是这样一种象征着第二次生命意义获得的重大人生典礼。杨宽在《古史新探》中曾介绍冠礼的仪式：

根据《仪礼·士冠礼》和《礼记·冠义》，贵族男子到二十岁时，要在宗庙中由父亲（按：这里的"父亲"应当是复数的，即"众父"，也就是下面所说的"来宾"）主持举行冠礼，即孟子所谓"丈夫之冠也，父命之"（《孟子·滕文公下》）。在行礼前，要选定日期和选定加冠的来宾，叫作"筮日"和"筮宾"。……举行的仪式，主要是由来宾加冠三次，初加缁布

---

① 摘引自［德］里普斯：《事物的起源》第十章，江宁生译，四川民族出版社，1982年。

冠，再加皮弁，三加爵弁，叫作"三加"。"三加"后，经过来宾敬酒，再去见母亲（按：请注意，"母亲"——女人不能直接出现在典礼中）。随后，由来宾替他取"字"（按：这实际是标志着第二次生命开始而获得的第二个名字）……最后由主人向来宾敬酒，赠送礼品，送出宾客，才算礼成。①

这种成年礼之所以必要，是由原始时代族内男女两性禁忌的礼俗所决定的。② 由这一点出发，将可以导出一系列新的观点，使我们对整个儒家礼教观念作出全新的解释和认识。

---

① 杨宽：《古史新探》，中华书局，1965 年，第 235—236 页。
② 中国古代成年礼还流行一种凿门齿风俗。《管子·小问》："昔者吴、干战，未龀者不得入军门。国子其齿，遂入。"摘齿是成年礼。至于凿齿之功能，《新唐书·南蛮传》中有一说："乌武獠，地多瘴毒，中者不能饮药。故凿齿。"并见《文献通考》卷二二八引范成大《桂海虞衡志》。

"雨雪霏霏"不是"雨雪纷纷"吗？

《诗经·小雅·采薇》："昔我往矣，杨柳依依，今我来思，雨雪霏霏。"

《现代汉语词典》以及高中语文课本中这个"雨"必须读古音 yù，动词，"下（雨、雪等）"。"雨雪"，指下雪。

其实，如果一定要纠缠古音，那么《诗经》时代的上古汉语无去声，只有入声，"雨"当为入声字。

按照古人发现的汉语联绵词规律，"霏霏"通"飞飞"，也通"纷纷"和"披披"，都是形容雪纷纷扬扬地下。

实际上，"雨雪霏霏"此句诗解作雨夹雪交相纷纷而来，其意境显得更复杂，胜于解为单纯之落雪。

在国学中，一个重要的问题是辨字读书的问题。秦始皇"书同文"进行了文字改革，但只是统一了文字，并没有统一读音，故而各方国、各郡县以至不同族群仍然有不同语音的地域性方言，对于同一字词也未必有相同读音。因此，有些歧音导致一字多音，并一直流传到现在，但很难说哪一个读音就是正确的、标准的、唯一的古音。今天，读古书、古字特别是遇到多音字，很多情况下可以意会其大意，却不可过于拘泥和穿凿所谓的古音。

我以为，《现代汉语词典》在常见的"雨"字的读音上非得要读为 yù，是胶柱鼓瑟的一个不通之例。

《诗经·小雅·大东》破解

《诗经·小雅·大东》：

  维天有汉，监亦有光。

  跂彼织女，终日七襄。

  虽则七襄，不成保章。

  睆彼牵牛，不以服箱。

  东有启明，西有长庚。

  有捄天毕，载施之行。

此诗自古失解。多年前，我研究古天文学时忽悟其义，乃有异论曾经发表于拙著《天问新考》。

余以为，此诗大意：

  天上有一条银河，灿烂闪光。

  一个织女坐着，终日忙于女工。

  虽然忙着，却织不成美丽的华章。

  因为她一心遥望着牵牛星，不断地浮想（思念）却不得相见。

  只看到启明星从东转到西，成了长庚星。

  只祈求一年快过去，再到团圆相会的那一天。

此诗古义久失，历代注家望文生义者多，此不赘论。

唯可注意者，诗中以织女、牵牛星并言，故此诗乃牛郎织女故事的最早版本。

另，诗中一些关键字训诂如下：

"维"，于也。"汉"，银河古称河汉。

"监"，通"烂"。《康熙字典》引《前汉书》注："监，古音读滥，通烂，亮也。"或"监"读"鉴"，即镜子，云银河像镜子那样闪光。"烂亦"，即烂也，灿烂，形容银河的星光。"有光"，闪光。

"跂"，通"栖"，栖息、坐也。

"七襄"，"七"通"切"，以手相摩也。"襄"，通"攘"，推也。"七襄"即切攘，往复推摩，形容织女纺绩的动作也。"保章"，"保"通"葆""宝"，即宝章、葆章、华章，所谓天章云锦也，形容华丽明亮的丝织品。《考工记》云："青与赤谓之文，赤与白谓之章。"

"睕"，从目，通"望"，喻遥看、相望、想望也。《康熙字典》引《类篇》注："目开貌。""不以"，不能。"服相"，即"关关雎鸠"之"思服"。"服"，思也。《康熙字典》注："又思也。《诗·周南》：'寤寐思服。'"

"启明""长庚"，都是金星的古称。金星早上在东方，晚上在西方。天亮前后，东方地平线上有时会看到一颗特别明亮的"晨星"，人们叫它"启明星"；在黄昏时分，西方余晖中有时会出现一颗非常明亮的"昏星"，人们叫它"长庚星"。这两颗星其实是一颗，即金星。

"俅"，即求也，祈求。"天"，天时。"毕"，终结。

"载"，带。"施"，读"伊"，即伊人，指爱人。"载施"，携伴，相伴。"载施之行"，指带着他（她）一起而行，意即与爱人携伴同行。

又，汉乐府《古诗十九首》：

> 迢迢牵牛星，皎皎河汉女。

纤纤擢素手，札札弄机杼。

终日不成章，泣涕零如雨。

河汉清且浅，相去复几许。

盈盈一水间，脉脉不得语。

其实，此诗就是《诗经·小雅·大东》一篇的详细解读和注解。

【附】

1. 七夕节牛郎织女故事溯源

《月令广义·七月令》注引梁殷芸《小说》：

> 天河之东有织女，天帝之子也。年年机杼劳役，织成云锦天衣，容貌不暇整。帝怜其独处，许嫁河西牵牛郎，嫁后遂废织妊。天帝怒，责令归河东，但使一年一度相会。

其说是也，但是不详出处。实际上，七夕节起源于上古的男女部族分隔而居的风俗。

上古泮官隔绝而有男女之思，乃寄托于天上人间关于牛郎织女的神话传说故事也。

上古星相学认为，银河里的两颗明亮之星，一名为织女星，一名为牵牛星，隔河遥遥相望。

2. 唐宋七夕诗不离古义

古今七夕诗词之绝唱，著名者为秦观《鹊桥仙》：

> 纤云弄巧，飞星传恨，银汉迢迢暗度。金风玉露一相逢，便胜却人间无数。

柔情似水，佳期如梦，忍顾鹊桥归路。两情若是久长时，又岂在朝朝暮暮。

此诗所咏叹不是凡人之爱，而是神人之爱，即牛郎与织女也。

又，白居易《长恨歌》的结尾：

临别殷勤重寄词，词中有誓两心知。
七月七日长生殿，夜半无人私语时。
在天愿作比翼鸟，在地愿为连理枝。
天长地久有时尽，此恨绵绵无绝期。

唐人绝句中，亦多有佳作。例如，林杰《乞巧》：

七夕今宵看碧霄，牵牛织女渡河桥。
家家乞巧望秋月，穿尽红丝几万条。

白居易《七夕》：

烟霄微月淡长空，银汉秋期万古同。
几许欢情与离恨，年年并在此宵中。

诗词名篇新解

曹操《短歌行》解译

曹操《短歌行》：

对酒当歌，人生几何？
譬如朝露，去日苦多。
慨当以慷，忧思难忘。
何以解忧？惟有杜康。
青青子衿，悠悠我心。
但为君故，沉吟至今。
呦呦鹿鸣，食野之苹。
我有嘉宾，鼓瑟吹笙。
明明如月，何时可掇？
忧从中来，不可断绝。
越陌度阡，枉用相存。
契阔谈宴，心念旧恩。
月明星稀，乌鹊南飞。
绕树三匝，何枝可依？
山不厌高，海不厌深。
周公吐哺，天下归心。

译文：

举起酒杯应当放歌，人生岁月能有几多？

就像清晨的露水啊，流逝的日子可叹太多！

令人感慨而悲慷，忧伤的记忆总是难忘。

能用什么来排忧解闷？唯有眼前这一杯酒。

你青色的衣襟啊，依然牵挂着我的心。

就是为君子你啊，我无言思念至今。

麋鹿呦呦互相呼叫，因为在原野找到了美味的艾蒿。

要是有好朋友来到，我一定要奏乐欢迎。

皎洁的明月啊，什么时候能攀摘？

忧愁缠绕我心中啊，无法断绝。

越过阡陌纵横的小道，别管一切快来相见。

来吧朋友，让我们欢饮畅谈，重温往日的旧情。

月光明亮星光暗淡，乌鸦喜鹊以为天亮向南飞。

绕树环飞三周，但哪个枝头才能做归宿？

山不会满足它的高峻，海不会满足它的深邃。

我会像周公那样礼贤下士，让天下人倾心归来！

　　《短歌行》是汉乐府旧题，属于《相和歌辞·平调曲》，也就是说它本来是一个乐曲的名称。《短歌行》这个乐曲原来应有相应的"歌辞"，就是"乐府古辞"，但"古辞"已经失传了。曹操这首《短歌行》就是所作的拟乐府。所谓"拟乐府"，就是套用乐府旧曲来填写新词，然后供乐人吟唱。故，汉代出现的"拟乐府"也就是后来所谓"填词"之始。

　　魏晋时代乃大乱苦难之世，英雄辈出。曹操，豪中之雄也。千百年来，皆以为曹操是一冷面杀星，也皆知此首《短歌行》，可惜似乎并无多少人真正能透彻理解之也。如果透彻读懂这首《短歌行》，对曹操其人必会有完全不同的认知。此诗外似沉蕴苍凉，具有魏晋风骨，而内里渗透温婉柔情，境界高远，真不愧千古绝唱也。此诗意境极为宏大，忧思深远，唯有伟大政治家能为，而非风骚诗人之作也。

"越陌度阡，枉用相存"，此句旧多曲解及误解，特别是对于后半句。"阡陌"，田间小径。"度""越"，即穿越也。"枉"，委屈，有劳。"存"，本义为问候、探问。《说文》："存，恤问也。"《礼记·王制》："年八十，月告存。""存"，此当为慰问也。此句直译，即"穿越曲折的田间小径，有劳你的相顾访问"。

阡陌，井田制度下的方块田地的田埂径路。《战国策》："决裂阡陌，教民耕战。"即破坏井田制度。

阡陌，包括农田地里的小道和灌溉渠道，纵者（南北方向）称为"阡"，横者（东西方向）称为"陌"。《说文》："路东西为陌，南北为阡。"

东汉应劭《风俗通》："路南北为阡，东西为陌。河东则反之。"朱熹注："二说不同，后说为正。陌之为言百也，遂洫从，而径涂亦从，则遂间百亩，洫间百夫，而径涂为陌。阡之为言千也，沟浍衡，而畛道亦衡，则沟间千亩，沟间千夫，而畛道为阡。阡陌之名由此而得。"

"越陌度阡"，"越"是直行，"度"是横行。

李白《菩萨蛮》解析

　　诗难确诂。许多古诗词，千古传诵，人人上口，似乎耳熟能详。但是若真正较真讲读求解，则其实知者了了，难得正解也。李白有一首《菩萨蛮》，几乎家喻户晓，然而观诸群书则殊多妄解，失真义久矣。近有相问，因兹为解析数语，聊记之如次。

　　李白《菩萨蛮》：

　　　　平林漠漠烟如织，寒山一带伤心碧。
　　　　暝色入高楼，有人楼上愁。
　　　　玉阶空伫立，宿鸟归飞急。
　　　　何处是归程，长亭更短亭。

　　译文：

　　　　连绵林木被漫漫烟雾缠绕，终南山如一条长带碧绿深深。
　　　　暮色沉沉入高楼，有人在楼中忧愁。
　　　　我伫立白玉阶苦等已久，看鸟儿们急急飞向窝巢。
　　　　念你的归程不知已到何处，离家还隔有多少长亭、短亭？

　　此诗旧题《菩萨蛮》，数百年来咸皆以为乃游子思归之作，甚不足信。观以词意，其实此词之主人公是一妇女。这首词是她在楼头眺望终南山景色，期盼夫君快快归来的思念之作。

此诗"平林"二字难解。"平林",非俗解平坦的树林。"平",可以有二解。一解为形容词,平远,连绵也。林树平远连绵,可曰"平林"。二解为动词,浸润、弥漫、找平、平整。平林漫漫,状傍晚雾气弥漫,浸润森林也。"漠漠",即漫漫、茫茫之通语,形容烟气、雾气之大也。

"寒山",乃终南山余脉古名。王维《山中与裴秀才迪书》:"夜登华子冈,辋水沦涟,与月上下。寒山远火,明灭林外。"杜牧《山行》:"远上寒山石径斜,白云生处有人家。"可知寒山乃唐代长安附近名山,在辋川、蓝田一带,属于终南山脉也。

"一带"者,寒山蜿蜒逶迤如一长带也。"伤心碧",即可恨的碧绿。青绿之中间色曰碧,青碧则为美色也。"伤心",痛心,有悲伤、恼人、恨人的烦躁之意。此乃移情之词也。颜色深绿阻遮视线,所以可恼、可恨,令人心痛、伤心,令人厌烦。"伤心碧",以今语释之即绿得恨人、气人、讨厌、伤心也。终南山有青山碧水本为美景,在此处则皆转变为可诅咒、令人情伤之景物。何故?盖因高山长林阻隔了诗人的视线,以及所思念的情人之归程也。

"暝色",即暮色。"暝""暮"二字古语通用。

"有人楼上愁",谁人?我也,我在楼上愁。此诗虚拟以第三人称抒自我之情。

"玉阶空伫立",谁在伫立?还是那个楼头人,我也。"伫立",守候、等人也。"空",就是空空、白白也。"宿鸟",投宿归巢之鸟。我白天曾在玉(汉白玉)台阶上久久伫立,却只是白白守候。一直等到暮色深沉,鸟儿们都急急投窝归宿了。——潜台词是,情郎啊,你却还未见归来。

"何处是归程","是"读为"至",本义为抵达。"何处是归程",并非游子已迷路,找不到回家的路了,而是诗人在问归途中的夫君——归程你已走到何处?"何处至归程",主谓倒装,即"归程至何处"。——这是美人思念情人而默默在心中发问也。

"长亭更短亭"句，也非答复，而是进一步捉摸不定的疑问——不知情人归程已到何处，也不知他与家门还相隔着多少座长亭与短亭啊。

南朝庾信《哀江南赋》："十里五里，长亭短亭。"古代驿路设亭为站，十里设一长（大）亭，五里设一短（小）亭。问多少亭，就是在问还有多少里路才能到家。

李白《静夜思》解析

李白《静夜思》："床前明月光，疑是地上霜。举头望明月，低头思故乡。"此乃千年以来脍炙人口的不朽之名句也。

《静夜思》译文：

静夜中惊见床前洒下的白色月光，不知是不是深秋初降的飞霜。于是（起身）抬头才知是窗外明月，又低头思念起远乡月下的亲人。

但闻台湾某君有《床上功夫探求真相》一文，对李白此诗提出质疑，曰："人躺在床上怎么可以举头又可以低头呢？人躺在床上没有这种动作。"

此真无聊之问，乃文人小聪明之把戏也。本不值一驳，一笑置之可也，但复闻又颇有应和者，有人竟进一步歪解此诗，曰："李白很荒谬！我们躺在床上实在是没办法举头和低头的，顶多探个头看看床底下。"

此问题之愚蠢就在于——是谁规定了当李白吟此诗时必须一直死死地钉在床上呢？

李白此诗系描写深秋清夜离人之思乡以及无眠。

久别故乡，深夜难眠，忽见床前映照来自窗外的白色月光，疑似突降的寒霜，因之惊坐而起或移步窗前，于是仰头看明月，又低头思念起远方的亲人。这不就是此诗所赋予的意境吗？

此诗以床前月光起兴，暗喻时届霜秋，离人失眠，又省略未写出的起、坐、徘徊等动作，唯写出举头、低头之所见及所思。

故全诗仅寥寥二十字，却极富动态感，宛如意识流，唤起了千古离人之共鸣。

古往今来，此一小诗容纳、荷载了多少离人之乡思！虽然貌似极简单、极直白之二十字，却成了千古不朽之绝唱！

但是，今人进入高速时代，千里万里瞬间可达，音容笑貌于微信、伊妹儿（E-mail）等瞬间传递。别离不复难见，思乡不必怀愁，故今人越来越难理解此诗之意境矣。

古诗词之奥妙即在于语言之洗练及概括，故而理解诗词绝不可仅拘泥于表面文字。所谓"意境"（王国维语），往往都在文字之外。严羽《沧浪诗话》云："盛唐诸公唯在兴趣，羚羊挂角，无迹可求。故其妙处，透澈玲珑，不可凑泊。如空中之音，云中之色，水中之影，镜中之象，言有尽而意无穷。"

以诗词之寥寥数语，自然不可能也不必把一切交代清楚。例如，此诗只讲低头、抬头两个动作就够了，难道还须细细交代为望月要穿衣提鞋并移步到窗前？！如果一切都交代得清清楚楚，虽然"一穷二白"，但那还是诗吗？

其实，古人比我们深刻。古人诗词之意境，所谓诗情画意是需要灵性方能读懂领悟的。今人肤浅，文教无能，有人又专爱卖弄挑刺，于是往往死板机械地抠文字，却完全不能领悟古人诗句的意趣与意境。若再妄作大言，徒令天下人笑耳！

【附】
"床"字小考

东汉许慎《说文》："床，安身之坐也。"刘熙《释名》："人所坐卧曰床。"可见，自古就有可坐可卧之榻曰床。

《康熙字典》对于"床"确有一种解释是"井干"，即水井的围栏，语出《乐府诗集》引《淮南子》（《康熙字典》："床者，人所以安也。又井干曰床。"）。《辞海》亦有是说，但未具出处。

郭沫若解李白《静夜思》云"'床'应当指井栏"，并引李白《长干行》及李商隐《富平少侯》诗句"不收金弹抛林外，却惜银床在井头"为证。（近人解李商隐此句也有说法，谓"银床"不是井栏，而是井上的辘轳架子。）

殊不知，李商隐却还有诗云："远书归梦两悠悠，只有空床敌素秋。阶下青苔与红树，雨中寥落月中愁。"（《端居》）此诗所云"空床"显然并非井栏或者空（干）水井，而是指既能放置书信也能做梦的卧榻。

其实，李商隐此诗所表达的也是一种思乡之情，与李白的"床前明月光"有异曲同工之妙，意境恰好相似。

又，顺便说明，"床"字作为井栏或者栏杆，非"床"字本义而是借义。以训诂解读，"床者，桩也"。（《唐韵》《集韵》："仕庄切。"《正韵》："助庄切。与桩音通。"）井栏、栏杆，木桩也。（《康熙字典》引《乐府诗集》："后园凿井银作床。"盖贵族内府井栏以银子包桩也）是以，"床"字借为"桩"也。

杜甫《秋兴八首》解译

"秋兴"者，遇秋而遣兴也。孔子曰："诗可以兴。"兴，即寄托情思、情怀、情兴。

杜甫《秋兴八首》是一组著名的七律。

律诗是唐代诗人所创造的一种诗歌新形式。律诗是唐代贵族诗人杜审言的发明，其基石是声律及韵律的理论。胡应麟《诗薮》："初唐无七言律，五言亦未超然。二体之妙，杜审言实为首倡。"唐高宗、武后时期，杜审言、沈佺期、宋之问使诗歌创作格律化、定型化，他们重视粘对规律，从而使一首律诗除了同联上下句平仄相对外，还做到上联下句和下联上句平仄相粘，使通篇声律和谐（即近体的粘式律）。杜甫的律诗则达到了唐代律诗的高峰。

在唐代，讲究格律、声韵以及对仗的律诗，具有贵族诗篇的特点，被时人称为新体诗或近体诗，以区别于旧体诗或者古体的古风及乐府歌诗。当时，不甚注重格律形式的古体诗，则被视作较为自由的民间诗体，相当于今日的民歌、流行歌曲。

李白乃平民出身，写诗喜好古风。李白诗以可歌唱的自由体为多，以其狂放豪迈的性格和诗情，被后世称作放逸飘然自由吟唱的"诗仙"。

杜甫乃士族出身，早年受过严格的文学训练，擅长律体，写了很多格律严谨的律诗。杜诗中的律诗代表了唐诗的艺术高峰，被后世称作"诗圣"。

杜诗中的《秋兴八首》这一组诗，则不仅是杜甫律诗中的一组鸿篇巨制，也体现了唐代律诗发展的一座最高峰。

在唐代诗人中，杜甫是一位具有集大成意义的伟大诗人。在他传世的一千五百首诗中，有相当大一部分反映的是他自己的人生遭际与民众的生活，因此杜诗被称为"诗史"。

《秋兴八首》是杜甫寄寓四川夔州（今重庆奉节）时的作品。这组诗篇作于 766 年（大历元年），时年杜甫五十六岁。

755 年（天宝十四年），安史之乱爆发，安禄山起兵反唐。次年，叛军占领长安，安禄山称帝。唐玄宗出逃入蜀，太子在灵武即位，即唐肃宗。757 年（天宝十六年），安禄山被儿子安庆绪杀死，逆子篡位。757 年秋，唐军收复长安，但战乱仍在继续。759 年（乾元二年），安禄山旧将史思明称帝。

757 年，唐肃宗归长安立朝。杜甫曾被委任做一个闲官——左拾遗，但是不到两年即失官去职。759 年，杜甫流亡秦州（今甘肃天水）。次年，杜甫入蜀，先居成都，后又寄居长江三峡地区的小城夔州。

自 759 年以来，杜甫在颠沛流离中度过了七年的漂泊生活。在这七年中，唐朝国运每况愈下，朝中政治黑暗，叛军不断死灰复燃，战乱一直在继续。杜甫寄人篱下，生活艰苦。时值深秋，景物寥落，诗人抚今思昔，不禁有许多家国感慨和忧思，于是作此诗。

《秋兴八首》是一组结构严整的七律组诗（此前没有人这样写过）。诗的主题是思乡、怀旧，哀婉于动荡的现实与莫测的未来，寄托了诗人对家国命运的无限忧思。篇中名句"每依北斗望京华""故国平居有所思"，就是这八首诗的大纲。

八首诗互相蝉联，前后呼应，脉络贯通，组织严密，是一个完美的诗组。故王船山（王夫之）在《唐诗评选·卷四》中说："八首如正变七音，旋相为宫，而各成一章，或为割裂，则神态尽失矣。"

从全诗来看，八首诗的结构可分前、中、后三部分，以第四首为转折与衔接，写诗人在夔州的心境，由夔州而思忆长安，再由思长安而归结到夔州。其中，前三首由现实走向回忆，后三首则由回忆回到现实。各首之间，首尾相衔，有严密构思次第，不能移易。

律诗本是一种具有音乐性的诗体，诗人完成一首律诗往往不是用笔写出来而是用口吟出来的。因此，对于一首律诗特别是像《秋兴八首》这样的七律的鉴赏更需要下一点吟咏的功夫了。

《秋兴八首》用典故多，寄托幽深，历来被认为难解。前人多有释义，如叶嘉莹汇集前人考释成一部厚书，但是多端寡要，对于理解诗意仍然多有阙疑。

余早年读唐诗喜爱李白之自由豪放，但中年以后则深爱读杜甫，盖欣赏其用语精工，学养深厚，多蕴书卷气也。昔日曾经留下许多读书札记，近日整理旧年读《秋兴八首》之笔记，不揣孤陋，兹分篇重新解读之如次。

《秋兴八首·其一》：

玉露凋伤枫树林，巫山巫峡气萧森。
江间波浪兼天涌，塞上风云接地阴。
丛菊两开他日泪，孤舟一系故园心。
寒衣处处催刀尺，白帝城高急暮砧。

译文：

寒霜突降凋残着枫林，
巫山巫峡笼罩在肃杀的雾气中。
大江波浪翻涌一直掀到天上，
白帝城乌云风卷大地一片昏暗。
丛丛菊花同时开放让人想起旧日而流下了泪水，
孤零零的小舟飘荡牵挂着我思念故乡的心。
又到了必须加紧裁制寒衣的时节，
白帝城的高楼也挡不住那捶打布料的急促砧声……

"玉露"，即白露，指寒霜。"萧森"，即萧瑟、萧杀（"肃杀"转语），阴森可怕也。

"江间"，指巫峡。"塞上"，此处指巫山口之塞，即白帝城。

波浪迫天，故曰"兼天涌"。风云遮地，故曰"接地阴"。"接地"，即遮地也。

"阴"，三峡多山，高山蔽日，以阴森知名天下。郦道元《水经注·江水注》："江水历峡，东迳新崩滩，其下十余里有大巫山，其间首尾百六十里谓之巫峡，盖因山为名也。自三峡七百里中，两岸连山，略无阙处。重岩叠嶂，隐天蔽日。自非亭午夜分，不见曦月。"

"丛菊两开"，此句有歧义。

"两开"，一是窃以为指空间——菊花在两地（夔州和长安）同时开放，二是旧注则皆以为指时间——两年。杜甫前一年秋在成都，此年秋又在夔州，从离成都以后算起，说菊花已经"两开"。"开"字双关，菊花开，泪花亦随之而开，所谓"飒飒开啼眼"（杜甫《得舍弟观书自中都已达江陵，今兹暮春月末，行李合到夔州，悲喜相兼，团圆可待，赋诗即事，情见乎词》）。

"他日"，异日，旧日。"他日泪"，犹言"前日泪"，流泪不始于今，已经是流了多年的老泪。

"孤舟一系故园心"，指回乡的希望寄托在一条小船上。"一系"，双关语，系舟与牵挂之意。

"催刀尺"，催促快用剪刀和尺子裁新衣。

"白帝城"，指夔州府城。杜甫《夔州歌十绝句·其二》："白帝夔州各异城。"史学家常常以此证明有两座不同的城池，但也有人考证认为："在杜甫的时代，只有一座城池，官方的名称是夔州，但也被普遍称为白帝城。"[1]

"急暮砧"，制新衣之前需要染布及洗布料，须于水边挥动木槌及石板敲击，由此发出急促的砧声。此处指为远方的亲人准备御冬寒衣，借喻之

---

[1] 洪业：《杜甫：中国最伟大的诗人》，上海古籍出版社，2011年，第220页。

浓厚的思亲之情。

明王嗣奭《杜臆》云："此一首便包括后七首，而'故园心'乃画龙点睛处。至四章'故国思'，读者当另着眼，易家为国，其意甚远！后面四章，又包括于其中。"

《秋兴八首·其二》

> 夔府孤城落日斜，每依北斗望京华。
> 听猿实下三声泪，奉使虚随八月槎。
> 画省香炉违伏枕，山楼粉堞隐悲笳。
> 请看石上藤萝月，已映洲前芦荻花。

《秋兴八首》第二首的时间由夕阳日暮而写至深夜，空间从诗人身在的夔州到京华长安，思绪缓缓流动，呼应《秋兴八首》第一首的"丛菊两开他日泪"——"两开"指夔州与京华。

译文：

> 每当夔州这座孤城夕阳西下的时候，
> 我总是仰看北斗遥念长安。
> 一听到三峡中悲切的猿鸣就果真会落泪，
> 奉使在外难言什么时候能回长安。
> 记得曾经在门下省当值时经常卧病，
> 如今却只能望着城楼的高墙听着悲哀的笳声。
> 夜已深我依然无眠，
> 月光已从石上藤萝渐渐移向水洲中的芦荻之花。

清徐增《而庵诗话》云："前一首以'暮'字结，此一首以'落日'起。落日斜，装在'孤城'二字下，惨淡至极，又如亲见子美一身立于斜阳中也。"

"每依"，夜夜如此。"京华"，指长安。"北斗"，天之中枢。唐时，长安城是国家政治之中枢，故有"北辰"城之号，也称"北斗"城。

此时，杜甫身在夔州，远离京华千里之外，长安不可能望见。可望见者，只有代表长安的北斗星，故"每依北斗望长安"。

另，后世有人谬改"北斗"作"南斗"，以为杜甫身在南方所见当为南斗，极其荒谬！①

诗人因想望京华，故听猿鸣则下泪。郦道元《水经注·江水注》："每至晴初霜旦，林寒涧肃，常有高猿长啸，属引凄异，空谷传响，哀转久绝。故渔者歌曰：巴东三峡巫峡长，猿鸣三声泪沾裳。"

所谓"实下"，是昔日仅读书闻此语，如今身在三峡中闻猿啼而落泪，所以说"实下"。

"槎"，木筏。"虚"，妄言，幻想耳。

"八月槎"，典出晋张华《博物志》："旧说云天河与海通，近世有人居海渚者，年年八月有浮槎去来不失期。人赍粮乘槎而去，十余日，至天河。"又《荆楚岁时记》："汉武帝令张骞穷河源，乘槎经月，至天河。"杜甫化用这两个典故，意在期待早日回到京华长安。

广德二年（764），杜甫由于严武表荐，被朝廷授以检校尚书工部员外郎（从六品上）作为严武的幕僚，故曰"奉使"。

"画省"，尚书省。《汉官仪》："尚书省中，皆以胡粉涂壁，青紫界之，画

---

① 杜甫诗中常以"北斗"比喻京华长安。例如，《中夜》："中夜江山静，危楼望北辰。"《太岁日》："西江元下蜀，北斗故临秦。"《月三首》："故园当北斗，直指照西秦。"《历历》："巫峡西江外，秦城北斗边。"《哭王彭州抡》："巫峡长云雨，秦城近斗杓。"《夜》："步蟾倚杖看牛斗，银汉遥应接凤城。"皆可为证。

古贤人烈女。尚书郎更直，给女侍史二人，执香炉烧熏，从人护衣服。"香炉，乃尚书省中供具。

杜甫曾在朝廷任过左拾遗（属门下省）。《旧唐书·职官志》："凡尚书省官，每日一人宿直。"

"伏枕"，指卧病。杜诗中常言之，如"伏枕云安县"（《移居夔州郭》）、"伏枕因超忽"（《秋日荆南述怀三十韵》）、"悠悠伏枕左书空"（《清明二首》）。"违"，违背，指不去当值。"违伏枕"，是说自己因多病之故，当年很少去门下省当值。

"山楼"，指白帝城楼。"粉堞"，城楼上涂为白色的女墙（矮墙）。"隐"，隐约，隐闻。"笳"，笳笛，鸣笳。笳，本为胡乐器，军中用之为传令工具。最初来自西域，故称胡笳，是一种管乐器。汉时开始流行，后来作为军乐，也作为军队的通信工具。《六韬·军略》："击雷鼓，振鼙铎，吹鸣笳。"

城楼驻有防军，不时吹笳传令，所以可以隐约听闻笳声。"山楼粉堞隐悲笳"与"万国城头吹画角"（杜甫《岁宴行》）意同。

"请看"，当读为"且看"。

因思念故乡，诗人彻夜无眠，从月出照临眼前的石头、藤萝，到深夜映照远处的水洲芦荻——意识不断地随时光而流动。可以说，此诗完全是一篇意识流作品。

《秋兴八首·其三》

千家山郭静朝晖，日日江楼坐翠微。
信宿渔人还泛泛，清秋燕子故飞飞。
匡衡抗疏功名薄，刘向传经心事违。
同学少年多不贱，五陵衣马自轻肥。

译文：

千家万户静静地沉浸在朝晖中，

我每天静坐江楼上看着青翠的山峰。

夜宿的渔人泛舟在江中信意漂游，

清秋时节燕子还在天上自由翻飞。

匡衡直谏淡看功名利禄，

刘向讲授经学心愿难了却。

如今同辈都已飞黄腾达，

想长安五陵有多少衣马轻裘者正自顾得意。

《秋兴八首》第一首写暮色，第二首写夜色，第三首写朝晖。

"翠微"，指山色。环楼皆山，如置身山色之中，故曰"坐翠微"。天天如此，极写寂寞无聊。

钱谦益《杜诗笺注》："信宿渔人，不但自况，以其延缘荻苇，携家啸歌，羁栖之客，殆有弗如。还泛泛者，亦羡之之词也。"《九辩》："燕翩翩其辞归兮，蝉寂寞而无声。以燕遇秋寒，徊翔而畏惧也，故以清秋目之。'燕子于飞'，诗人取喻送别。已则系舟伏枕，而燕乃下上辞归，飞翔促数，揽余心焉。曰故飞飞者，恼乱之词，亦触忓也。"

秋分时燕子当南归，现在它却不急于归，偏要在客人面前飞来飞去，好像故意嘲笑客人无家可归似的，故觉其可厌。杜甫《秋日夔府咏怀奉寄郑监李宾客一百韵》诗云"局促看秋燕"，可与此句互参。

"匡衡抗疏功名薄，刘向传经心事违"二句借古为喻，是江楼独坐时的心事。《汉书·匡衡传》："元帝初，衡数上疏陈便宜，迁光禄大夫、太子少傅。"又《二刘父子传》："宣帝令向讲论五经于石渠，成帝即位，诏向领校中五经秘书。"

杜甫在左拾遗任上曾上疏救房琯，遭到皇帝贬斥，故以抗疏之匡衡自比。

杜甫出身士族，崇儒学，故以传经之刘向自比。

"五陵"，汉时贵族居住区。汉长安有五陵：长陵、安陵、阳陵、茂陵、平陵。

"自轻肥"，"自"是"共"字的反面，有讥讽意。《论语·雍也》："赤之适于齐也，乘肥马，衣轻裘。""衣马"，裘马。

《秋兴八首·其四》：

> 闻道长安似弈棋，百年世事不胜悲。
> 王侯第宅皆新主，文武衣冠异昔时。
> 直北关山金鼓振，征西车马羽书驰。
> 鱼龙寂寞秋江冷，故国平居有所思。

译文：

> 听说长安的政局像一盘下不完的棋局，
> 回首百年间国运的变幻真有说不尽的悲哀。
> 王侯们的豪宅不断变换着主人，
> 文武官员的任用已与过去大不同。
> 北方回纥入侵的号角正在雷动，
> 西面吐蕃传递军情的车马正在急奔。
> 我却独坐江楼寂寞无聊对秋江，
> 当年长安往事依然缠绕在心中。

《秋兴八首》第一首言及"故国"，第二首言及"京华"，第三首言及"五陵"，可见杜甫虽立身于夔州而着眼点皆在长安。此以下五首，则瞩目点已完全放在了京都长安。

"闻道",指杜甫作诗往往把千真万确的事故意托之传闻。《即事》:"闻道花门破,和亲事却非。"又《遗愤》:"闻道花门将,论功未尽归。"与此同一手法。

"似弈棋",是说长安政局彼争此夺,或得或失,就像下棋一样。

"百年",虚数。自唐高祖李渊618年开国,至大历初已经一百五十年。

"世事",徐增《而庵诗话》云:"不曰国政,而且曰世事者,盖微词也!"

"王侯第宅皆新主"句,自安史之乱后,新贵不断登台,王侯第宅的主人不断变动。《旧唐书·马璘传》:"天宝中,贵戚勋家,已务奢靡,而垣屋犹存制度。然卫公李靖家庙,已为嬖臣杨氏马厩矣。及安史大乱后,法度隳弛,内臣(宦官)戎帅(军阀),竞务奢豪,亭馆第舍,力穷乃止,时谓之木妖。"

"文武衣冠",暗讽宦官当政。唐肃宗和唐代宗立朝都重用宦官。宝应元年(762),李辅国加中书令,以宦官而拜相。广德元年(763),鱼朝恩为"天下观军容宣慰处置使",以宦官而为元帅矣。《旧唐书·鱼朝恩传》:"朝恩自谓有文武才干,上(代宗)加判国子监事。"是又以宦官而溷迹儒林矣。又《旧唐书·代宗纪》:"永泰元年(765)诏裴冕、郭英乂、白志贞等十三人,并集贤待诏。上以勋臣罢节制者,京师无职事,乃合于禁门书院间,以文儒公卿宠之也。"郭英乂、白志贞,皆武夫不知书,亦为集贤待诏,是又文武不分,冠并杂糅矣。这些现象以前都没有,所以说"异昔时"。

"直北关山金鼓振,征西车马羽书驰",上句指回纥,下句指吐蕃。"金鼓",是军中所击,以进退军旅者。"羽书",鸡毛信,是插羽于书,取其迅速。"金鼓振""羽书驰",极言边情紧急。

此时,回忆开元、天宝时那种"河陇降王款圣朝"的盛况,自不胜今昔之感。"驰",一作"迟",不可从。

"鱼龙寂寞秋江冷",前六句说长安、说国家大事,这一句收归夔州,回到自身。"鱼龙寂寞",写秋景兼自喻。

郦道元《水经注》："鱼龙以秋是为夜，秋分而降，蛰寝于渊也。"当此万方多难之际，自己却一筹莫展，只是每依北斗日坐江楼，如蟠伏之鱼龙，岂不可悲？

"故国"，指长安。"平居"，平日所居。杜甫曾经在长安居住过十多年。

《秋兴八首·其五》

> 蓬莱宫阙对南山，承露金茎霄汉间。
> 西望瑶池降王母，东来紫气满函关。
> 云移雉尾开宫扇，日绕龙鳞识圣颜。
> 一卧沧江惊岁晚，几回青琐点朝班。

译文：

> 蓬莱宫遥对着终南山，
> 承接天露的金盘和铜柱高耸挺立云间。
> 西望瑶池西王母曾自天降临，
> 紫气弥漫是老子西游路过函谷关。
> 雉尾扇开合如祥云飘移，
> 日光环绕中得见皇上神圣的容颜。
> 一梦醒来天已晚人已老，
> 谁曾记得在朝位列朝班。

《秋兴八首·其五》这首诗所写是前一首的"有所思"之一。以下三首，皆写作者对于"故国平居有所思"之所思。

"蓬莱宫"，大明宫。"南山"，终南山。

《唐会要》卷三十："（唐高宗）龙朔二年（662），修旧大明宫，改名蓬莱宫，北据高原，南望终南山如指掌。"

"承露"，承露盘。"金茎"，铜柱。"霄汉"，言其高。"霄汉间"，高入云霄，形容承露金茎（铜柱）极高。

汉武帝建铜柱承露仙人，采收天露制作不死药。汉班固《西都赋》："抗仙掌以承露，擢双立之金茎。"唐宫未必有承露盘，此乃以汉喻唐。

"西望瑶池降王母，东来紫气满函关"二句，借用汉代典故，写长安城宫殿的神异气象。

"瑶池"，传说中西王母的住地，在昆仑山。

"降王母"，《穆天子传》等书记载了周穆王登昆仑山会西王母的传说，《汉武内传》则说西王母曾于汉武帝时某年七月七日飞降汉宫。

"东来紫气"，用老子自洛阳入函谷关事。"函关"，函谷关。

据《列仙传》记载，老子西游至函谷关，关尹喜望见紫气自东而来，知有圣人过函谷关。后来，果然见老子乘青牛车经过。

"云移"，指宫扇云彩般地分开。

"雉尾"，指雉尾扇，宫扇也。用雉尾编成，是帝王仪仗的一种。

据《唐会要》记载，唐玄宗开元中，萧嵩上疏建议：皇帝每月朔望日受朝于宣政殿，上座前用羽扇障合，升降俯仰不令众人看见，等到坐定之后方令人撤去羽扇。后来，定为朝仪。

"日绕龙鳞"，皇帝衮袍上所绣的龙纹光彩夺目，如日光环绕。

"圣颜"，天子的容貌。

杜甫《莫相疑行》："忆献三赋蓬莱宫，自怪一日声辉赫。"唐玄宗时，杜甫因献赋曾一度被招入朝。"云移"二句，正是回忆此事。

结尾"一卧沧江惊岁晚，几回青琐点朝班"二句，收归夔州，回到现实。

"一卧"，卧倒。"岁晚"，双关语，一指秋风岁末，二指年岁老大（杜甫时年五十五岁）。

"青琐"，汉建章宫的宫门，门饰以青色，镂以连环花纹。后亦借指宫门。

"点朝班"，指上朝时殿上依官职大小传点百官上朝。

王建《宫词》诗有"殿前传点各依班"句，刘禹锡有《阙下待传点呈诸同舍》诗。

《秋兴八首·其六》：

> 瞿塘峡口曲江头，万里风烟接素秋。
> 花萼夹城通御气，芙蓉小苑入边愁。
> 珠帘绣柱围黄鹄，锦缆牙樯起白鸥。
> 回首可怜歌舞地，秦中自古帝王州。

译文：

> 由瞿塘峡口到长安曲江头，
> 万里风烟连接着霜降素白的秋色。
> 花萼楼的御用长廊直通芙蓉园，
> 如今被边塞的叛军打破了安宁悲愁！
> 当年园中的珠帘绣柱曾有多少天鹅环飞，
> 江船华丽的锦缆象牙桅惊起成群的白鸥。
> 再回首那长安城内的繁华佳丽今又何在，
> 关中大地自古以来都是帝王建都之地！

这首是《秋兴八首》的第六首，主要感慨长安曲江曾经的繁华景象。杜甫由眼前的瞿塘峡遥想远方长安的曲江，是所谓"有所思"之二。

瞿塘峡是三峡的第一个峡谷，在夔州东，是杜甫当时身在之地。

"曲江"，在长安。唐玄宗开元年间疏凿成为游览胜境，烟水明媚，与乐游园、杏园、慈恩寺相邻，是杜甫回忆所思念之地。

"风烟"，写景中兼含兵象。"素秋"，秋当西方，属金，色白，故曰"素秋"。

"花萼"，指花萼楼。"芙蓉"，指芙蓉园。二者都是当年曲江的名胜。花萼楼，在曲江头。

"芙蓉小苑"，指芙蓉园，也称南苑，在曲江西南。

"御气"，意味着曲江不仅是市民游赏的去处，也是天子时时游幸的皇家池苑。唐玄宗经常从花萼楼夹城复道至曲江，故曰通"御气"。

《旧唐书·让皇帝宪传》："玄宗于兴庆宫西南置楼，西面题曰花萼相辉之楼，南面题曰勤政务本之楼。"又《旧唐书·玄宗纪》："（开元二十年［732］六月）遣范安及于长安广花萼楼，筑夹城，至芙蓉园。"

"入边愁"，指传来边地战乱的消息。

唐玄宗常住兴庆宫，常和妃子们一起游览芙蓉园。据《旧唐书》记载，安禄山叛乱的消息传到长安，唐玄宗在逃往四川之前，曾登兴庆宫花萼楼饮酒，四顾凄怆。

钱谦益《杜诗笺注》："禄山反报至，帝欲迁幸，登兴庆宫花萼楼，置酒，四顾凄怆，此所谓小苑入边愁也。"

清黄生《杜工部诗说》："此四句叙安禄山陷长安事。"

"珠帘绣柱"，指江头宫殿的华丽。"锦缆牙樯"，指江中舟楫之豪奢。"黄鹄"，指天鹅。《汉书·昭帝纪》："始元元年春，黄鹄下建章宫太液池中。"

"歌舞地"，曲江。杜甫《乐游原歌》："阊阖晴开诀荡荡，曲江翠莫排银牓。拂水低回舞袖翻，缘云清切歌声上。"

"回首可怜"，是说回想当初的繁华兴盛，不能不使人嗟叹曾经繁华之地经过战乱后的荒凉落寞。①

---

① 《乐游园歌》系天宝十年（751）杜甫参加游筵之作，极写乐游园节日的繁华，其中描写的景物与《秋兴八首·其六》中所忆多有重合。

《秋兴八首·其七》：

昆明池水汉时功，武帝旌旗在眼中。
织女机丝虚夜月，石鲸鳞甲动秋风。
波漂菰米沉云黑，露冷莲房坠粉红。
关塞极天唯鸟道，江湖满地一渔翁。

译文：

昆明池开凿的功劳归于汉朝，
远望汉武帝的旌旗好像还在迎风招展。
池中石刻的织女不会织绩白白辜负了夜色，
那巨大的石鲸鳞甲好像在秋风中舞动。
波浪中芰菰丛丛犹如乌云沉聚，
白露时节莲子结蓬荷花凋落。
夔州山高峻险只有鸟能飞过，
遍地洪水汪洋中渔翁孤独漂泊。

《秋兴八首·其七》这首诗是"有所思"之三，杜甫所回忆的是长安郊外的昆明池。

"昆明池"，汉代开凿，在长安西南，周圆四十里，于汉武帝元狩三年（前120）挖浚，故曰"汉时功"。

"旌旗"，汉武帝时凿昆明池，是用以操练水军，故想象当日湖中"旌旗"在望。

"织女""石鲸"二句，写汉代昆明池中有石刻织女和鲸鱼。

《曹毗志怪》："昆明池作二石人，东西相望，象牵牛织女。"夜月虽明，石头的织女却不能织布，故曰"虚夜月"。

《西京杂记》："昆明池刻玉石为鲸鱼，每至雷雨，常鸣吼，鳍尾皆动。"所谓"石鲸动秋风"，典故即出于此。

"菰米""莲房"二句，乃写昆明池中的物产。

"菰米"，茭白。唐代以前，茭米属于粮食作物，也叫菰米或雕胡，是古代的"六谷"之一。

《西京杂记》："菰之有米者，长安人谓之雕胡。"杜甫《行官张望补稻畦水归》诗："秋菰成黑米。"南宋罗愿《尔雅翼》注："菰首者菰将三年以上，心中生薹如藕，至秋如小儿臂。大者谓之茭首，本草所谓菰根者也，可蒸煮，亦可生食。其或有黑缕如黑点者，名'乌郁'（乌云）。"

"沉云黑"，言昆明池满湖茭菰茂盛，望去如满天的乌云。

"露冷"，白露时节天气渐冷。"莲房"，莲蓬。荷花色红，秋时凋落，故曰"坠粉红"。

"关塞"，指第一首所言的"塞上"，即夔州周边的高山。"极天"，"极"，至也。

"关塞极天"，言山之高峻。

"唯鸟道"，只有鸟能飞过。夔州四面高山，插翅难飞。

"江湖满地"，言洪水横流，自己则四处漂泊，宛如渔翁。"渔翁"，指杜甫自况。

清沈德潜《唐诗别裁》云："身阻鸟道，迹比渔翁，见还京无期也。"清浦起龙《读杜心解》注："'夜月''秋风''波漂''露冷'，就所值之时，染所思之色。"

《秋兴八首·其八》：

> 昆吾御宿自逶迤，紫阁峰阴入渼陂。
>
> 香稻啄余鹦鹉粒，碧梧栖老凤凰枝。

佳人拾翠春相问，仙侣同舟晚更移。

彩笔昔曾干气象，白头吟望苦低垂。

译文：

辗转走过昆吾和御宿，转过紫阁峰来到了渼陂。

香稻是鹦鹉的美食，绿色梧桐是凤凰栖息的高枝。

佳人们采摘花草互相赠送脉脉含情，

游春的伙伴们划船游玩到夜幕仍舍不得归返。

昔日曾用华美的文笔书写江山丽景，

如今年老只能低头苦苦追寻往日时光。

《秋兴八首·其八》这首诗写回忆当年在长安渼陂旧游之乐。前三首"有所思"忆及蓬莱、曲江、昆明池，此则忆及渼陂，是为"有所思"之四。

"渼陂"，古湖泊名，在陕西鄠县西，离长安城上百里，今已消失。渼陂的水源出终南山谷，汇合胡公泉，形成了一片辽阔的水面。陂上有紫阁峰，峰下陂水澄澈，环抱山麓，周围十四里，中有荷花，凫雁之属，向北流入荥水。

杜甫当年在长安时曾不止一次偕友到渼陂游览，作有《与鄠县源大少府宴渼陂（得寒字）》《渼陂行》《渼陂西南台》等诗。

渼陂湖中水味甜美，所产鱼亦味美。宋吴曾《能改斋漫录》："唐元澄撰《秦京杂记》载，渼陂以鱼美得名。"北宋宋敏求《长安志》："渼陂在郭鄠县西。"丁道志注："彼鱼甚美，因名之。"

"昆吾""御宿"，前往渼陂经过长安的地名。

《汉书·扬雄传》："武帝广开上林，东南至宜春鼎湖，昆吾、御宿。"西晋晋灼《汉书集注》："昆吾，地名也，有亭。"唐颜师古《汉书注》："御宿，在樊川西。"汉辛氏《三秦记》："樊川，一名御宿川。"

自长安往渼陂，必经昆吾、御宿二地，一路行来，故曰"逶迤"。

"紫阁峰"，终南山峰峦。宋郑樵《通志》："紫阁峰在主峰东，旭日射之，灿然而紫，其形上耸，若楼阁然。"

杜甫《渼陂行》："半陂以南纯浸山，动景袅窕冲融间。"即此所谓"峰阴入渼陂"。

"香稻"，一作红豆。

清顾宸《辟疆园杜诗注解》："本谓香稻乃鹦鹉啄余之粒，碧梧则凤凰栖老之枝。少陵倒装句。"

清浦起龙《读杜心解》注："鹦鹉粒，即是红豆；凤凰枝，即是碧梧。犹饲鹤则云鹤料，巢燕则云燕泥耳。二句铺排精丽。"

"拾翠"，拾取翠鸟的羽毛。

"相问"，赠送礼物，以示情意。《诗经·郑风·女曰鸡鸣》："知子之顺之，杂佩以问之。"曹植《洛神赋》："或采明珠，或拾翠羽。"

"仙侣"，指春游之伴侣。"仙"，形容其美好。"晚更移"，即移棹夜游，乐而忘返。《后汉书·郭太传》："太与李膺同舟而济，众宾望之，以为神仙焉。"

杜甫曾与岑参兄弟同游渼陂，作《渼陂行》："岑参兄弟皆好奇，携我远来游渼陂。……船舷暝戛云际寺，水面月出蓝田关。"即所谓"仙侣同舟晚更移"。

"彩笔"，五彩之笔，喻指华美艳丽的文笔。《南史·江淹传》："又尝宿于冶亭，梦一丈夫自称郭璞，谓淹曰：'吾有笔在卿处多年，可以见还。'淹乃探怀中，得五色笔一，以授之。尔后为诗绝无美句，时人谓之才尽。"

"干气象"，乃杜甫回忆自己曾于安史之乱前献三大礼赋，得唐玄宗赏识。"干"，惊动也。"气象"，指唐玄宗。

"白头"，指年老。"望"，回忆京华往事也。

前人曾指出，《秋兴八首》不仅是杜甫诗作的一座高峰，也是他对自己一生的回顾与总结，身在江湖而心系魏阙之作也。

清黄生《杜工部诗说》："杜公七律，当以《秋兴》为裘领，乃公一生心神结聚之所作也。"明李攀龙、袁宏道辑校《唐诗训解》："《秋兴》八首是杜律中最有力量者，其声响自别。"明王嗣奭《杜臆》："《秋兴》八章，以第一首起兴，而后七首俱发中怀，或承上，或启下，或互相生发，或遥相呼应，总是一篇文字，拆去一章不得，单选一章不得。"

但是，《秋兴八首》用典奥多，词意晦涩，千年以来亦皆认为难读。

可以说，本文基本扫除了理解《秋兴》组诗的障碍，亦厘清了一些误解，如关于"丛菊两开"的所指，"南斗""北斗"的误植，等等。

据《胡适之晚年谈话录》一书记载，胡适评论说及《秋兴八首》云："像杜甫的《秋兴》八首。我总背了几千遍，总觉得有些句子是不通的。律诗就和小脚一样，过去总觉得小脚好看，但说穿了小脚并不好看。"

胡适又说到《秋兴八首》的第七首——"昆明池水汉时功，武帝旌旗在眼中。织女机丝虚夜月，石鲸鳞甲动秋风。波漂菰米沉云黑，露冷莲房坠粉红。关塞极天唯鸟道，江湖满地一渔翁"，据《谈话录》记述：

"七十岁的胡适老先生悄悄告诉论者：'钱玄同是章太炎的学生，太炎先生对他说，这首诗写什么，我看不懂，好像是写女人的……'呵呵，这让我想起我们学生时代提到过唐诗有两处最容易引起人的歧念：一处是老杜的'花径不曾缘客扫，蓬门今始为君开'；一处是韦苏州的'野渡无人舟自横，春潮带雨晚来急'。一笑。"

章太炎、钱玄同都是文字学家，未必懂诗，是否有过上述谈论，辗转耳闻之言，固不足深道也。但胡适读不懂此诗，且联想如此，则殊为怪也。

白居易《长恨歌》新解

一

白居易《长恨歌》中有关于唐明皇与杨贵妃爱情故事的著名诗句：

> 七月七日长生殿，夜半无人私语时。
>
> 在天愿为比翼鸟，在地愿为连理枝。

这两句诗千百年来一直脍炙人口，但是史学家陈寅恪从典章礼制的角度对这两句诗提出了质疑。陈寅恪说，此诗所咏乃骊山华清池长生殿。据《唐会要》记载，此殿别名集灵台，是祀天神之斋宫，"神道清严，不可阑入儿女猥琐"。"据此，则李三郎（唐明皇）与杨贵妃于祀神沐浴之斋宫，夜半曲叙儿女私情。揆之事理，岂不可笑？"（《元白诗笺证稿·长恨歌笺证》）也就是说，他认为在长生殿这样一个庄严的神殿中做儿女私情活动是绝不可能之事。

但为什么白居易会犯这个错误呢？

陈寅恪说，这是因为唐代长安还有另一座"长生殿"。此殿在长安而不在骊山，乃是帝王寝宫。白居易写此诗时尚年轻，"不谙国家典故，习于世俗，未及详察，遂致失言"。（《元白诗笺证稿》）这一断案，乍看起来很有道理。以现代人的眼光指出唐人咏唐代史事之错误，真是石破天惊，一举而发千古之覆！殊不知，这一断案本身就是错的。在这里，实际上蕴含着中国古代文化史上一个重大的秘密。

二

陈寅恪错在哪里呢？

这要从"长生殿"的由来说起。原来，长生殿不是普通的宫殿，它在中国古代文化中有一种特殊的象征。为了说清这一点，我们不得不先谈谈汉武帝时所建的一处宫殿——益寿馆。

据《史记》记载，汉武帝有一座行宫名叫甘泉宫。甘泉宫中有一座神殿，名"益寿馆"，简称"寿宫"，又称"斋房"。馆前有一座台，名"通天台"。据《汉书》记载，汉武帝是一位非常迷信神仙之事的皇帝（"帝于淮南王之后，颇信鬼神事"），而他所建的甘泉宫既是他的行宫，又是他的祭神之宫。益寿馆和通天台，则是甘泉宫中最重要的建筑之一。

益寿馆中供奉着一位女神，名叫"神君"。据《史记》《汉书》记载，汉武帝经常在此斋戒、祓禊、停宿和迎候女神。据说女神每次降临都在深夜，到黎明时即飘飘归去。据《史记》记载，这位神君，普通人"非可得见，闻其音，与人言等。时去时来，来则风肃然也。居室帷中。时昼言，然常以夜。天子祓，然后入。因巫为主人，送饮食。……神君所言，上使人受书其言，命之曰'画法'。其所语，世俗之所知也，毋绝殊者，而天子独喜。其事秘，世莫知也"。

由此，了解中国民间宗教和风俗的人不难看出，汉武帝在寿宫中所使用的这种迎神方术——所谓"画法"，其实就是中国民间流行颇广的那种降神扶乩的巫术。"法"与"符"，一音之转。所谓"画法"，其实就是画符。

又据《史记》记载，甘泉宫中有多位女巫——晋巫、荆（楚）巫、梁巫、胡巫。那么，女巫为汉武帝请下凡间的这位神君究竟是谁呢？此事未记载于正史，却广泛流传在汉代小说家们的笔下。原来，这位神君，就是著名的西王母：

> "甘泉王母降。"（《北堂书钞》引《幽明录》）
>
> "武帝接西王母，设珊瑚床，又为七宝床于桂宫，紫锦帷帐。"（《类林》

杂注引《西京杂记》）

"桂宫"，本是月宫之名，但在这里它是长安城中一座皇宫之名。据《汉书》记载，桂宫，又名"飞廉桂馆"。"飞廉"，其实就是飞鸢，是中国神话中有名的通天使者，别名青鸟，而其真相有人说是凤凰，有人说是燕子，也有人说是喜鹊。这两种鸟都是报春鸟，即春之使者，又是爱情的象征——在古代诗文中经常可以读到。在另一些汉代小说中，汉武帝会见西王母的场所却并非在长安桂宫，而是甘泉宫中益寿馆的通天台："元光中，武帝起寿灵坛。至夜三更，闻野鸡鸣，忽如曙，西王母驾玄鸾，歌春归乐，谒乃闻王母歌声而不见其形。"（东汉郭宪《汉武帝别国洞冥记》）

寿灵坛，就是益寿馆中通天台的别名。更详细也更耐人寻味的几则记述如下：

"汉武帝好仙道，祭祀名山大泽以求神仙之道。时西王母遣使乘白鹿告帝当来，乃供帐九华殿以待之。七月七日夜漏七刻，王母乘紫云车而至于殿西，南面东向，头上戴七胜，青气郁郁如云。有三青鸟，如乌大，使侍母旁。时设九微灯。帝东面西向，王母索七桃，大如弹丸，以五枚与帝，母食二枚。帝食桃辄以核著膝前……王母赠武帝长寿仙桃。唯帝与母对坐而食，其从者皆不得进。"（晋张华《博物志》）

"（西王母）年可三十许，修短得中，天姿掩蔼，容颜绝世，真灵人也。下车登床，帝拜跪。……因呼帝共坐，帝南面，向王母。母自设膳，膳精非常。……帝乞赐长生之术。王母告汝要言。"（《汉武内传》）

"歌毕，因告武帝仙官从者姓名，及冠带执佩物名。至明旦，王母别去。"（《汉武内传》）

我们可以把汉武帝会西王母的故事与《史记》中汉武帝会神君的史实，以及民间流传的降神扶乩术相互比照一下，不难看出这三者的深层结构实际是相同的：

——鸾、青鸟是使者，女巫是迎神人。

——下降者是一位女神。

女神传授给汉武帝的长生术究竟是什么呢？参照《史记》和《汉书》中的记述，我们可以断定，这种秘术其实就是"房中术"——中国古代流行的一种男女秘戏之术。行这种秘术时，往往还配有神秘的音乐，即《汉书》中所说的"房中乐"，别名又叫"寿人"之乐。由此，可以进一步看出"房中乐"与益寿馆的关系。（参见《汉书》）据记载，这种"房中乐"是上古时代一个名叫"清庙"的神宫中的专用乐曲。

现在，让我们再回头来看白居易《长恨歌》和陈鸿《长恨歌传》中所记述的唐明皇、杨贵妃事迹。

不难看出，这个故事的原型几乎可以说是汉武帝会西王母故事的翻版：

（1）时间相同——都是七月七日。《长恨歌传》："秋七月，牵牛织女相见之夕。秦人风俗，是夜张锦绣，陈饮食，树瓜华，焚香于庭，号为乞巧。"试问牛郎织女会于何处？——民间传说为鹊桥。鹊桥是由喜鹊搭成的，而喜鹊正是青鸟——鸾的一种变形。

（2）地点也相同——唐明皇、杨贵妃幽会于骊山长生殿。不难看出，唐代长生殿其实就是汉代益寿馆的更名。最有趣的是，如果唐代长生殿有两处，一在骊山，一在长安，那么汉代益寿馆也恰有两处，一在甘泉，一在长安，亦即"桂宫"。

（3）建筑布局相同——唐代骊山长生殿前有"集灵台"，汉代益寿馆前也有一座"通天台"。

由此看来，七月七日，唐明皇与杨贵妃谈情说爱于骊山长生殿前（无论仅作为诗人的一种艺术想象还是真实的史实），不仅于典有证，而且完全合于长生殿这一特殊神殿的功能。因此，诗人白居易并没有错，倒是史学家陈寅恪可能是只知其一未详其二了。

三

然而，陈寅恪之所以作出上述的断论并不是偶然的。宋明以后，道学家用他们的价值观来看待男女爱情特别是两性关系，把其视为一种伦理禁忌，一种可耻、不洁和渎神的人类行为，这种价值观是影响陈寅恪作出上述误断的主要原因。

殊不知，在中国上古以至秦汉，甚至直到隋唐时代，中国人的两性观念中虽然存在着一些与神秘宗教观念有关的性禁忌风俗和族内婚的伦理禁忌，但同时流行着一种颇为开放的两性文化，特别是对未婚男女来说更是如此。这种开放的两性文化，一方面体现在每年三月三日和七月七日，这实际是两次盛大的野外节日（社日）。在这期间，"奔者不禁"。"奔"，训诂作"朋"。"朋者不禁"，即未婚男女可以自由聚会和结合。另一方面，这种开放的两性文化，又体现在古代女神宫的通神幽会中。这种幽会，具有多方面的宗教文化含义——既是祈祷多子、祈祷丰收、祈祷风调雨顺的巫术，又是一种奇特的宫廷神妓制度。那些侍奉女神的巫——古书中称作"神女""尸女"或"女须"（胥，儒），她们在祭祀时以歌舞娱神（这种歌舞神妓乃是古代乐府妓乐制的真正起源）。同时，她们不仅能降神、代神传谕，而且可以作为神祺行阴阳采补之术的神妓。

唐代长生殿，不仅在名称上保留着汉代"寿宫"的含义，在功能上作为高禖女神宫也具有祈祷多子和长寿的含义。这种"寿宫"，在先秦各国以方言不同而分别称作"閟宫""秘畤""清庙"或"春台"。在宋元以后，则演变为各地的娘娘庙。当然，由于两性伦理和价值观的迁移，唐代以后的这种神宫已经越来越少有公开的神妓了。（《汉书·地理志》："齐桓公见哀公淫乱，姑、姊、妹不嫁。于是令国中民家，长女不得嫁，名曰巫儿，为家主祠。嫁者不利其家，民至今以为俗。"参见《春秋公羊传·哀公六年》东汉何休注："齐俗，妇人主祭事。"《战国策·齐策四》记齐人曾向田骈言道："臣邻人之女，设为不嫁，行年三十，而有七子。不嫁则不嫁，然嫁过毕矣。"此种以长女献于神庙为巫儿的风俗，实际就是一种神妓制度。）

据史籍表明，中国古代的这种女神宫只设有女性神主（寿君、瑶姬、西王母、碧霞元君或太阴神）。这些女神，往往又是某一部族的女性始祖。例如，《诗经·鲁颂》中《閟宫》一篇，就是祭祀和赞美周人姜嫄的颂诗。这种神宫的建制，往往采用"前殿后寝"的方式，因此既是神庙又是寝堂、卧室（《吕览》高诱注）。正因为此堂又是寝堂、卧室，可以行男女交合之事，所以上古时又将其称为"合宫"。其实，《楚辞》中著名的巫山高唐（台）神女（名瑶姬，居朝云馆）也应是楚国的这种神妓，而无论是帝喾之女吞燕卵生子的故事，楚襄王游云梦遇神女的故事，汉武帝会西王母的故事，曹植洛水遇宓妃的故事，以及唐明皇、杨贵妃长生殿的故事，还有李商隐的多首《无题》诗篇，作为一种古老的艺术作品中描写的事迹虽不一定指实，但就深层结构看所蕴含的都是相同的文化原型。

最后，还应指出这种女神宫由来之古老是惊人的。1983—1985 年，辽宁牛河梁红山文化遗址发现了一座五千年前的大型女神庙。据《辽宁牛河梁红山文化"女神庙"与积石冢发掘简报》（《文物》1986 年第 8 期）记载：

遗迹有一"平台"形地（长 175 米，宽 159 米）——这似乎是类同于通天台、神灵台或春台的台坛。"女神庙"位于"平台"南侧 18 米，出土多个女神泥塑像，其形制与真人大小相仿。

如果我们说，属于新石器时期中后期的红山文化的这一女神庙，应是由先秦高唐（台）女神庙、閟宫、清庙春台，到秦汉的寿宫、益寿馆和唐代的长生殿，以至宋元以后民间的娘娘庙的宗教文化原型，那么庙中的诸女神作为爱神、春神就是中国的"维纳斯"。——这一结论，恐怕未必很孟浪吧？

李贺《李凭箜篌引》新解

李贺《李凭箜篌引》：

> 吴丝蜀桐张高秋，空山凝云颓不流。
> 江娥啼竹素女愁，李凭中国弹箜篌。
> 昆山玉碎凤凰叫，芙蓉泣露香兰笑。
> 十二门前融冷光，二十三丝动紫皇。
> 女娲炼石补天处，石破天惊逗秋雨。
> 梦入神山教神妪，老鱼跳波瘦蛟舞。
> 吴质不眠倚桂树，露脚斜飞湿寒兔。

李贺，晚唐著名诗人（约791—约817），字长吉。有奇才，英年早逝。诗作多以晦涩、多用典故、意境险僻著称，是一位象征主义诗人。此诗为其名篇之一。

译文：

> 吴丝蜀桐的箜篌在深秋拨动，
> 高天流云凝结暴风废流。
> 湘娥泪洒斑竹，仙女惹动闲愁，
> 皆因李凭在京都弹奏箜篌。
> 乐音清脆如昆仑山玉碎，和缓如凤凰鸣叫，

芙蓉流出仙露，香兰开蕾欢笑。

长安城十二门前冷气飘散，

箜篌音感动了紫霄上皇。

女娲五彩炼石补天处，

石头被击破引出了漫天秋雨。

幻梦中神山女神在教吟唱，

波浪中老鱼跳跃瘦蛟起舞。

月宫中吴刚失眠倚立桂树下，

露珠湿润乱飞惊醒了玉兔。

"李凭"，晚唐著名乐师，善弹箜篌。

唐杨巨源《听李凭弹箜篌二首》曾赞之："听奏繁弦玉殿清，风传曲度禁林明。君王听乐梨园暖，翻到云门第几声。花咽娇莺玉漱泉，名高半在御筵前。汉王欲助人间乐，从遣新声坠九天。"

"箜篌引"，乐府旧题，属《相和歌辞·瑟调曲》。"箜篌"，乃古代弦乐器，又名"空侯""坎侯"，形状有多种。"引"，一种古歌体，篇幅较长，音节、格律一般比较自由，形式有五言、七言、杂言。

"吴丝蜀桐"，吴地之丝，蜀地之桐，指制作箜篌的材料来自吴、蜀。"张"，调弦，演奏。"高秋"，深秋。

"空山凝云"，典出《列子·汤问》："秦青抚节悲歌，响遏行云。""颓"，暴风。"焚轮"谓之"颓"，"暴瀑"亦称"颓"，即"颓波"。

"江娥"，即"湘娥"，湘夫人。元李衎《竹谱详录》卷六："泪竹生全湘九疑山中……《述异记》云：'舜南巡，葬于苍梧。尧二女娥皇、女英泪下沾竹，文悉为之斑。'一名湘妃竹。"

"素女"，即仙女。《汉书·郊祀志上》："泰帝使素女鼓五十弦瑟，悲，帝禁不止，故破其瑟为二十五弦。"

"中国"，指京城。

"昆山玉碎"，形容乐音清脆。"昆山"，昆仑山。"凤凰叫"，形容乐音和缓。

"十二门"，长安城东西南北每一面各三门，共十二门。

"二十三丝"，唐杜佑《通典》卷一四四："竖箜篌，胡乐也，汉灵帝好之。体曲而长，二十三弦，竖抱于怀中，用两手齐奏，俗谓之擘箜篌。"

"紫皇"，紫宫上皇。"紫宫"，指天宫。

"女娲"，上古女神，人首蛇身，为伏羲之妹，风姓。《淮南子·览冥训》《列子·汤问》均载有女娲炼五色石补天的故事。

"逗"，引。

"神山"，仙山。"神妪"，典出晋干宝《搜神记》卷四："永嘉中，有神见兖州，自称樊道基。有妪，号成夫人。夫人好音乐，能弹箜篌，闻人弦歌，辄便起舞。"

"老鱼跳波"，鱼随着乐声跳跃。《列子·汤问》："瓠巴鼓琴而鸟舞鱼跃。"

"吴质"，指吴刚。唐段成式《酉阳杂俎·卷一·天咫》："旧言月中有桂，有蟾蜍。故异书言月桂高五百丈，下有一人常斫之，树创随合。人姓吴名刚，西河人，学仙有过，谪令伐树。"

"露脚"，露珠下滴。"寒兔"，玉兔。

李商隐《锦瑟》试解

李商隐的诗向来以沉博艳丽、旨趣深远、情致缠绵、韵味浑厚而"诗中有谜",在晚唐诸家诗中别开生面。后人论李诗曰:

> "晚唐以李义山为巨擘。余取而诵之,爱其设采繁艳,吐韵铿锵,结体森密,而旨趣之遥深者未窥焉。"(清冯浩《玉谿生诗集笺注·序》)

这种艺术风格的形成,乃是李商隐一生复杂经历与其杰出艺术才能相结合的结果。李商隐出身士族,然一生经历却颇为蹭蹬。他所生活的时代,已是大唐帝国濒临土崩瓦解的前夜。随着社会经济、政治矛盾的激化,晚唐宫廷内部的政治宗派即所谓"朋党"之争极其尖锐。李商隐一登仕途,即由于姻亲关系而被卷入"牛李党争",因此一生在政治场中升沉无定,漂泊无主。虽怀有经纶济世之志却终身不展,满腹抑郁愁结只得抒之于笔端,遂成就了他约六百首的传世诗篇。李商隐作为政客的不幸,却正是他作为诗人之大幸。

《锦瑟》一诗在李诗中是极其重要而著名的一首,向来被誉为压卷之作。此诗作于李商隐晚年,其诗用典深奥,寄托深远。然正因如此,亦向来称难解,对其旨趣所在,历来众说纷纭。笔者近日细细读之忽有所悟,以为此诗之所以难于索解,其实是因为诗人运用了一种在中国古典诗歌中极其独特的艺术手法——象征的表现形式。若理解了这种表现形式的秘密,此诗之谜当可迎刃而解。

李商隐《锦瑟》:

> 锦瑟无端五十弦，一弦一柱思华年。
>
> 庄生晓梦迷蝴蝶，望帝春心托杜鹃。
>
> 沧海月明珠有泪，蓝田日暖玉生烟。
>
> 此情可待成追忆，只是当时已惘然。

据张采田《玉谿生年谱会笺》（中华书局，1963 年版），《锦瑟》作于唐宣宗大中十二年（858），而这一年正是诗人生命的最后之年。又据《玉谿生年谱会笺》，诗人生年约在唐宪宗元和八年（813）前后。由此推算，诗人作此诗时时年四十六岁，即接近五十岁。

首联——"锦瑟无端五十弦，一弦一柱思华年。"

托物言志，睹物伤情。很显然，诗人在这里手拨锦瑟之弦柱，内心却正在伤感自己一生无端消逝的五十华年。

颔联——"庄生晓梦迷蝴蝶，望帝春心托杜鹃。"

"庄生晓梦迷蝶"事，典出《庄子·齐物论》："昔者庄周梦为胡蝶，栩栩然胡蝶也。自喻适志欤，不知周也。俄然觉，则蘧蘧然周也。不知周之梦为胡蝶乎，胡蝶之梦为周欤？"

"望帝化鹃"事，典出《昭明文选》卷四左思《蜀都赋》注引《蜀记》："有人姓杜，名宇。王蜀，号曰望帝。宇死，俗说云：宇化为子规。子规，鸟名也。蜀人闻子规鸟鸣，皆曰望帝也。"

"子规"，亦即杜鹃鸟。此鸟于每年暮春三月啼鸣求偶，其声甚为悲切，因而又被称为"相思鸟"。

在这两句诗中，应当注意的乃是两个字："梦"与"心"。什么梦？庄周的晓梦。梦见什么？化为蝴蝶，翩翩飞去。真的吗？不，是迷离中的，故曰"迷蝴蝶"。什么心？"望帝"的"春心"。何谓春心？李商隐《无题》（飒飒东风细雨来）诗云："春心莫共花争发，一寸相思一寸灰。"由此可见，"春心"即相思之心。很显然，这两句诗中的"庄生""望帝"，其实都是诗人的象征性自托。"晓梦迷蝴蝶""春心托杜鹃"则更是象征性的写法，以此来表现诗人自身对青春时代曾热情追求的某种情感的追忆也。

颈联——"沧海月明珠有泪，蓝田日暖玉生烟。"

"沧海"，茫茫大海。大海有贝产珠。古人不知贝中珠自生，遂有神话。晋张华《博物志》："南海外有鲛人，水居为鱼。不费织绩，其眼能泣珠。"①

"蓝田"，在今陕西，是古代产玉石的名地。《太平寰宇记》卷七："蓝田山，在蓝田县西三十里，一名玉山……亦灞水之源出于此。"

传说，蓝田山溪间常有云气，故有"蓝田日暖，良玉生烟"的说法。

这两句诗的诗眼乃是两个字："泪"与"暖"。上句蕴含着一个十分美丽的意象——沧海明月之夜，深情的鲛人泣泪成珠，斑斑珠泪与海天明月相映生辉。下句的诗眼不是"烟"，而是"暖"。"暖"者，热的。什么热？蓝田的太阳很热。热到什么程度？烤玉化烟的程度。很显然，这两句诗中的意象都是诗人自己内心感情的象征物。上句象征诗人因思念而深夜无寐的斑斑清泪，下句象征诗人如蓝田烈日般的炽热狂情。由此，引出结尾二句就顺理成章了。

尾联——"此情可待成追忆，只是当时已惘然。"

这两句的意思是，这种感情如今已化为不堪回首的往事，然而当初却何等使人怅惘迷恋啊。

由以上分析可以清楚地看出，《锦瑟》是一首以爱情为主题，完全用意象和物象为象征的手法写成，以表达李商隐晚年对自己青春时代曾热情追求的某种情感的感伤回忆之作。但这种一往情深追求的对象，究竟是一位情人，还是某种政治目标，诗中并未明言。吾辈亦自可暂付阙疑，而不必妄作解人也。

---

①《太平御览》卷九九〇。

然而，旧注李诗者多不解此，却竭力到诗意之外去寻幽探隐，纷纷猜测《锦瑟》是一首直接影射时政的政治诗。例如，张采田《玉谿生年谱会笺》释云：

> "此全集压卷之作。解者纷纷，或谓寓意情意，或谓悼亡，迄不得其真相。唯何义行云：此篇乃自伤之词，骚人所谓'美人迟暮'也，其说近似。盖首句谓行年无端将近五十。'庄生晓梦'，状时局之变迁；'望帝春心'，叹文章之空托。而悼亡斥外之痛，皆于言外包之。'沧海''蓝田'二句，则谓卫公（指李裕德）毅魄久已与珠海同枯，令狐相业方且如玉田不冷。……结言此种遭际，思之真为可痛，而当时则为人颠倒，实惘然如堕五里雾中耳。所谓'一弦一柱思华年'也，隐然为一部诗集作解。"

是说中引"何义行云：此篇乃自伤之词，骚人所谓'美人迟暮'也"，其意的确近似。然以下所作的诸种关于"牛李党争"的比附，如以"珠泪"比附李德裕，以"蓝田"比附令狐绹，皆不可置信矣。

温庭筠《过五丈原》解译

温庭筠《过五丈原》乃千古咏史诗之名篇，但其意境复杂，历来难得胜解。

温庭筠《过五丈原》：

> 铁马云雕共绝尘，柳营高压汉宫春。
>
> 天清杀气屯关右，夜半妖星照渭滨。
>
> 下国卧龙空寤主，中原得鹿不由人。
>
> 象床宝帐无言语，从此谯周是老臣。

译文：

> 铁甲战马与军旗云雕辉映着漫天烟尘，
>
> 军旅声威压迫着汉宫失去了春意。
>
> 弥漫天空的杀气缠绕在潼关之外，
>
> 一颗彗星照临渭水将改变国运。
>
> 下等之国纵有卧龙也难以唤醒君主，
>
> 中原逐鹿谁能得胜定于上天而非人意。
>
> 阿斗沉睡在象牙床宝帐中乐不思蜀，
>
> 劝说投降的谯周竟成了司马家的老臣！

温庭筠（约812—866），晚唐诗人、词人，字飞卿，太原祁县（今山西晋中祁县）人。出身名门（唐初名相温彦博之后人），平生恃才傲物，屡举进士不第，终生仕途不得志。风流倜傥，精通音律，工诗善词，诗作与李商隐齐名，时称"温李"。又为"花间派"词宗，在词史上与韦庄齐名，并称"温韦"。后人辑有《温飞卿集》《金荃词》。

"五丈原"，在今陕西宝鸡岐山县，为秦岭北麓黄土高原的一部分，南靠秦岭，北临渭水，直通潼关，东西皆深沟，形势险要。五丈原，为三国时诸葛亮六出祁山北伐曹魏死而后已的古战场。

据《三国志·蜀书·诸葛亮传》记载，蜀后主建兴十二年（234）春，诸葛亮率兵伐魏，在五丈原屯兵，与魏军相持于渭水南岸达一百多天，"其年八月，亮疾病，卒于军中，时年五十四"。五丈原因此而闻名于世。

宋代以后，于五丈原建武侯祠，庙内有诸葛亮衣冠冢，冢旁有落星亭。亭内有一石，青褐色，相传是诸葛亮逝世时天上陨落的将星。五丈原东麓至今有落星湾、星落坡地名，据传此石即从此处落下。

"共"，交织。后抄诗者有改"共"为"久"的，失本义也。

"柳营"，巧用《汉书》周亚夫屯兵细柳营典故，喻军营也。"汉宫"，刘禅的蜀国亦称"汉"。

"铁马"，铁骑。"云雕"，绘有鹰雕之战旗。

"天清"，漫天也，即清一色。

"杀气"，战云。古代认为战场上空笼罩着杀气战云。

"关"，指潼关，由川陕进入长安的必经之路。"关右"，指关外。

有说此处的"关"指函谷关，但古函谷关至汉初即已废败。东汉时另设潼关，北依黄河，南靠秦岭，为天下雄关，捍卫关中与中原交通的门户。

"妖星"，不祥之星，指彗星。

《左传·昭公十年》："居其维首，而有妖星焉。"晋杜预注："逢公将死，妖星出婺女。"

《晋书·天文志》："妖星：一曰彗星，所谓扫（帚）星。小者数寸，长或竟天，见则兵起，大水，主扫除，除旧布新。"

"空"，白白也。"寤"，通"悟"，有呼唤、唤醒之意。

"主"，指蜀国君主刘禅。"下国"句，意思是刘禅无能，即使有卧龙（诸葛亮）也无法辅佐。

《三国志》："司马文王与禅宴，为之作故蜀伎，旁人皆为之感怆，而禅喜笑自若。王谓贾充曰：'人之无情，乃可至于是乎！虽使诸葛亮在，不能辅之久矣，而况姜维邪？'""空寤主"即典出于此。

"象床宝帐"，即象牙珠宝，这里指华贵舒适的床帐。

《战国策·齐策三》："孟尝君出行国，至楚，献象床。"宋鲍彪注："象齿为床。"南朝宋鲍照《代白纻舞歌辞四首》之二："象床瑶席镇犀渠，雕屏匼匝组帷舒。"唐李贺《恼公》："象床缘素柏，瑶席卷香葱。"南朝宋鲍照《代陈思王京洛篇》："宝帐三千万，为尔一朝容。"《新唐书·王琚传》："（王琚）受馈遗至数百万，侍儿数十，宝帐备具，阖门三百口。"

"象床宝帐"，借喻为象征刘禅入魏后封安乐公，富贵享乐也。"无言语"，无异语，无不满也。

据记载，蜀汉景耀六年（263），魏邓艾率军在绵竹打败了蜀国的卫将军诸葛瞻，刘禅投降。第二年，刘禅全家来到洛阳，魏国封他为安乐公。在一次宴会上，司马昭故意安排蜀国的歌舞节目给刘禅看。跟随刘禅到洛阳的人都感觉到了亡国的悲伤，唯独刘禅无动于衷，嬉笑如常。"他日，王问禅曰：'颇思蜀否？'禅曰：'此间乐，不思蜀。'"

"谯周"，蜀国大臣，劝说刘禅献印投降者。"老臣"，出典据《三国志》。

据记载，晋文王（司马昭）由于谯周有保全蜀国的功劳，封其为阳城亭侯。晋国新帝（司马炎）登基后，下诏书征辟谯周，谯周带病前往洛阳。泰始三年（267），谯周到达后卧床，朝廷命使节任命他为骑都尉。谯周说自己不能任职，请求交还爵位和封赏的土地。司马炎不许，称谯周为先帝老臣。

温庭筠《五丈原》此诗极其富有动感，以区区五十六字概括三国时期数十年史事，言简意赅，感叹命运人事之无常，成败得失之偶然，为诸葛亮鞠躬尽瘁却无功无果而惋惜。

苏轼《永遇乐》新解

苏轼《永遇乐》：

　　明月如霜，好风如水，清景无限。曲港跳鱼，圆荷泻露，寂寞无人见。纰如三鼓，铿然一叶，黯黯梦云惊断。夜茫茫，重寻无处，觉来小园行遍。

　　天涯倦客，山中归路，望断故园心眼。燕子楼空，佳人何在，空锁楼中燕。古今如梦，何曾梦觉，但有旧欢新怨。异时对，黄楼夜景，为余浩叹。

　　苏轼任徐州知州时在护城河边建黄楼及花园，地近燕子楼。宋神宗元丰元年（1078），中秋时节夜宿黄楼，梦与美人神交，醒而惆怅，遂作此词。末句"异时对，黄楼夜景，为余浩叹"，故知所在记梦之地乃黄楼及花园也。

　　此词旧有序："彭城夜宿燕子楼，梦盼盼，因作此词。"与"黄楼"抵牾，疑为后人附会之词。

　　译文：

　　明月皎白如霜，好风清润如水，景色清幽令人沉醉无限。弯弯水渠中鱼儿跳跃，圆圆荷叶上露珠飘散，夜深人静无人赏看。突闻三更鼓声，铿然一曲，把我的梦境惊断。夜色苍茫，再也找不到那梦境，醒来起身把小园寻遍。

　　天涯游子身心困倦，看那远山中的回乡路，故园遥遥令人魂断。燕子楼空空，美人早已不在，画堂里只留下翻飞的燕子。古今万事如梦，有谁能从梦中醒来。总是不断重现那一次次旧愁新怨。将来有人面对如此黄楼夜色，也会如我一样深深长叹！

"彭城"，今江苏徐州。

"燕子楼"，晚唐徐州守官张建封（一说张建封之子张愔）为其爱妾关盼盼在徐州府邸所筑小楼。白居易为之题咏作《燕子楼三首》，遂使此楼名垂千古，后历代诗人咏诵不绝。

"纮如"，拟声词，音近"咚咚"，击鼓声。

"纮如打五鼓，鸡鸣天欲曙。"（晋书吴人歌）苏轼《宿海会寺》："倒床鼻息四邻惊，纮如五鼓天未明。"

"三鼓"，三更。

"铿然"，形容清越的金石声。苏轼《石钟山记》："石之铿然有声者，所在皆是也。"

"梦云"，典出宋玉《高唐赋》，楚王梦见神女，"朝为行云，暮为行雨"。

"惊断"，惊醒。

"心眼"，心愿。苏轼《行香子》："几时归去，作个闲人。对一张琴，一壶酒，一溪云。"

"黄楼"，苏轼任徐州知州时所建，在徐州城郊，临护城河。苏东坡《送郑户曹》："荡荡清河壖，黄楼我所开。秋月堕城角，春风摇酒杯。"

是为，故训之一，如也。

苏轼《水龙吟·次韵章质夫杨花词》解读

宋神宗元丰四年（1081）[①]，苏轼贬谪黄州，其友章质夫作《水龙吟》一首，乃作《水龙吟·次韵章质夫杨花词》作答。

苏轼《水龙吟·次韵章质夫杨花词》：

> 似花还似非花，也无人惜、从教坠。抛家傍路，思量却是，无情有思。萦损柔肠，困酣娇眼，欲开还闭。梦随风万里，寻郎去处，又还被莺呼起。
>
> 不恨此花飞尽，恨西园、落红难缀。晓来雨过，遗踪何在，一池萍碎。春色三分，二分尘土，一分流水。细看来，不是杨花，点点是离人泪。

此词以象征主义手法写成，以杨花为象征物也。前人以此认为是"咏物"之词，如王国维云："咏物之词，自以东坡《水龙吟》最工。"（王国维《人间词话》）

此词所咏之主体实则是虚拟一个与爱人分别而在守望中的女性（"梦随风万里，寻郎去处"），以她的眼睛和视角看杨花。在哀婉中咏杨花柳絮，其实是在哀叹自己身不由己遭遇贬谪的无奈。

兹解译如下：

---

① 据孔凡礼《苏轼年谱》（中华书局，1998年版）、刘崇德《苏轼"杨花词"系年考辨》（《文学评论丛刊》第18辑）。

像花又不是真花，不被怜惜、竟任凭它飘零坠落。不幸远离家乡依傍着道路，想念着，无情却令人牵挂。受伤的柔肠婉曲，困倦的娇眼凄迷，才睁开又闭上。梦中随着风飘万里，去寻找那情郎去处，却又被黄莺的啼叫唤醒。

不在乎这杨花飘散，只可惜那西园中满地落花已难回缀旧枝。清晨新雨打过，看可还有它们的踪迹，池塘中飘着细碎的浮萍。莫非春色已分为三，二分化作尘土，一分化入流水。细看吧，那不是杨花，点点都是离人泪！

古言"杨树"与今所言之"白杨"非同种树，实际是柳树中的一种。柳树有两种：一种枝条上耸者，称"杨"（扬）；一种枝条下拂者，称"柳"（撩），合称"杨柳"。

古之杨树，乃柳树之同种，枝叶上扬者。《诗经·陈风·东门之杨》："东门之杨，其叶牂牂。"宋朱熹《诗经集传注》："杨，柳之扬起者也。"

《玉篇·木部》："杨，杨柳也。"《尔雅·释木》："杨，蒲柳也。"

《昭明文选·潘岳〈闲居赋〉》："长杨映沼。"唐刘良注："杨，柳树也。"

《昭明文选·王僧达〈答颜延年〉》："杨园流好音。"唐吕向注："杨，柳也。"

杨柳春季开花，花落即成杨花柳絮。南朝梁庾信《春赋》："新年鸟声千种啭，二月杨花满路飞。"隋无名氏《送别》："杨柳青青著地垂，杨花漫漫搅天飞。柳条折尽花飞尽，借问行人归不归？"

"次韵"，用原作之韵，并按照原作用韵次序进行创作，称为次韵。

"章质夫"，名楶，蒲城（今福建蒲城）人，苏轼好友兼同僚。宋神宗元丰四年（1081），章质夫时任荆湖北路提点使，苏轼时年在湖北黄州，两人经常诗词酬唱。

"从教"，任凭。

"无情有思"，言杨花看似无情，却也自有它的愁思。"思"，心绪，情思。"思"者，"丝"也，双关语，喻柳丝；又"系"也，牵系。唐韩愈《晚春诗》：

"杨花榆荚无才思，唯解漫天作雪飞。"这里反用其意。此词中多用双关语，包括下文之"肠""眼"。

"萦"，萦绕、牵念。"柔肠"，柳枝细长柔软，故以柔肠为喻。"柔肠"，又喻"柔长"也。

"困酣"，困倦至极。"酣"者，深也。酒深，曰"酣"；深睡，亦曰"酣"。

"娇眼"，美人娇媚的眼神，比喻柳叶。古人诗赋中常称初生的"柳叶"为"柳眼"。唐白居易《杨柳枝》："人言柳叶似愁眉，更有愁肠如柳枝。"

"梦随风万里，寻郎去处，又还被莺呼起"句，化用唐金昌绪《春怨》："打起黄莺儿，莫教枝上啼。啼时惊妾梦，不得到辽西。"

"恨"者，非憎恨、仇恨，是爱之恨，怜惜也。"不恨"，即"不惜"。"落红"，落花。

"缀"，联结。此意象双关微妙，言旧情已去难复缀合矣！

"碎萍"，古人传说杨花入水后可化为浮萍，所谓"水性杨花"即出于此。苏轼《再次韵曾仲锡荔枝》："杨花著水万浮萍，荔实周天两岁星。"自注云："柳至易成，飞絮落水中，经宿即为浮萍。"

【附】

水 龙 吟

章质夫

燕忙莺懒芳残，正堤上、柳花飘坠。轻飞乱舞，点画青林，全无才思。闲趁游丝，静临深院，日长门闭。傍珠帘散漫，垂垂欲下，依前被风扶起。

兰帐玉人睡觉，怪春衣、雪沾琼缀。绣床渐满，香球无数，才圆却碎。时见蜂儿，仰粘轻粉，鱼吞池水。望章台路杳，金鞍游荡，有盈盈泪。

"婵娟"本义是"团圆"

苏轼《水调歌头·中秋》："但愿人长久，千里共婵娟。"

"婵娟"二字，古今未有确解。《辞海》释"婵娟"，谓之为"美好"，并引孟郊诗《婵娟篇》"花婵娟，泛春泉。竹婵娟，笼晓烟"，又引《桃花扇》"一节妆楼临水盖，家家分影照婵娟"，以之作为"婵娟"释义"美好"的佐证。

实际上，这一释义是错误的，是望文生义。"婵娟"，本义当释作团圆。"婵娟"一词，从语源看，是"蝉蜷""团卷""团圆"的叠韵转语，"长而柔曲之貌也"（《广雅疏证》）。宋周邦彦《蓦山溪·楼前疏柳》："今宵幸有，人似月婵娟。""月婵娟"，正是"月团圆"之意。

所谓"千里共婵娟"，所谓"家家分影照婵娟"，都是以中秋圆月象征人间的合家团圆。至于孟郊诗中的"花婵娟"，乃是形容花团锦簇，同样是"团圆"之意。所谓"竹婵娟，笼晓烟"，则是指竹子根根相连，盘根错节，与晓烟浓雾聚作一团，同样也是"团圆"之意。由上述可知，"婵娟"本义中根本没有美好之意。

但奇怪的是，"婵娟"一词在古代的确常用作美女的名称。为什么会如此？这乃是一个极为有趣的文化语源问题。这类问题，在清代语言学中，曾由王引之等做过开拓性的研究（如王引之《释大》可谓一部经典性著作），在现代却几近失传。

然而，从事这种研究，不仅是做一种训诂学研究，也是做一种释义学研究——这实际上是通过考察语源及语义的演变，以正确地理解认识古代文化的问题。试考证"婵娟"一词的由来及演变，即可以提供一个极好的例证。

黄庭坚《安乐泉颂》解读

黄庭坚《安乐泉颂》：

锁江安乐泉为僰道第一，姚君玉取以酿酒，甚清而可口，饮之令人安乐，故予兼二义名之"安乐泉"，并为作颂。

姚子雪曲，杯色争玉。
得汤郁郁，白云生谷。
清而不薄，厚而不浊。
甘而不哕，辛而不螫。
老夫手风，须此晨药。
眼花作颂，颠倒淡墨。

译文：

宜宾锁江地有安乐泉，水味之美在僰道地区可称第一。姚君玉取此水酿酒，不仅清冽可口，而且饮后令人快乐安神。所以，兼取二者的意义称这个酒为"安乐泉"，并作了这首颂诗。

姚君玉酿雪曲酒，杯中酒色赛于玉。
酒香浓郁味蒸腾，仿佛白云生于山谷。
美酒清冽而有味道，醇厚而不混浊。

甘甜而不腻口，微辣而不螫舌头。

老夫手臂有风疾，清晨须饮此良药。

老眼昏花作颂诗，淡墨写出颠三倒四文。

　　黄庭坚（1045—1105），字鲁直，号山谷道人，洪州分宁（今江西九江修水）人。北宋著名文学家、诗人、书法家，为盛极一时的"江西诗派"开山之祖，与杜甫、陈师道、陈与义素有"一祖三宗"（黄庭坚为其中一宗）之称。与张耒、晁补之、秦观游学于苏轼门下，合称"苏门四学士"。

　　宋英宗治平四年（1067）黄庭坚中进士。宋神宗熙宁初，任国子监教授。元丰初，改知太和县。宋哲宗元祐初，召为校书郎，主修《神宗实录》，迁著作佐郎、国史编修官。后来，在新党掌权时屡遭贬谪，最终被佞臣攻讦，谓其"修实录不实"而获罪，贬为涪州别驾，为避亲嫌迁黔州（今重庆彭水）安置。宋哲宗绍圣四年（1097），移戎州，即今四川宜宾。宋徽宗崇宁四年（1105），黄庭坚再远迁并客死在宜州（今广西宜山）贬所，终年六十岁。

　　黄庭坚与苏轼齐名，世称"苏黄"，著有《山谷词》。黄庭坚书法亦独具一格，为"宋四家"（苏、黄、米、蔡）之一。

　　安乐泉，在今宜宾北岸锁江石附近。宜宾，古称戎州、叙州，自古产酒。

　　宋代，宜宾有土豪姚君玉，善酿酒。姚氏酒坊以当地泉水及五谷——黍、粟（稷）、稻、麦、蜀黍（高粱）酿酒，酒质甚美。

　　宋哲宗绍圣四年，黄庭坚谪居宜宾，尝此酒以为美，且认为饮用此酒可以祛风疾，饮之令人快乐，因酿酒泉水名"安乐泉"，故也称这美酒为"安乐泉"——"兼取二义"，并作了这首《安乐泉颂》颂酒诗。

　　此酒以五种粮食原料酿造成浓香白酒，故名"雪曲"。此"雪曲"——"安乐泉"酒，即宜宾名酒五粮液的前身。

　　"锁江"，在宜宾城西北，岷江北岸，有锁江石。唐代曾在石上凿孔，套上铁链横阻江面以拒敌。石上有黄庭坚书"锁江"二字，每字1.5米见方，笔锋雄健，字迹挺拔，旁有"山谷"款识。锁江石上曾建有锁江亭，今已不存。

"僰道"，古县名，在今四川宜宾地区。

"僰"（bó），通"濮"（古音"卜"）、"巴"、"白"（伯）。历史学家蒙文通说僰人族出周代白狄，是先秦西南诸族之称，又称诸巴，亦即"百濮"，今西南白族即其后人。宋代，云南大理国是僰人建立。元、明亦称僰人或白人。元以后，也称傣族先民白夷为僰夷，见于《元史·泰定帝纪》。"僰人"之名，最早见于《吕氏春秋》，属于"西方之戎"。僰人初居于蜀。《说文》："僰，犍为（乐山）僰蛮也。"

秦以前有僰国，位于今四川宜宾。滇（今云南滇池地区）和邛都（今四川西昌地区）两部落也居住有僰人，史称"滇僰"和"邛僰"，与当时川东的濮人同出一源。秦始置僰道，汉代改僰道县（王莽时改为僰治），是秦汉时期修"五尺道"通西南夷的起点。

汉司马相如《喻巴蜀檄》："南夷之君，西僰之长，常效贡职，不敢惰怠。"《史记·西南夷列传》："巴蜀民或窃出商贾，取其笮马、僰僮、髦牛，以此巴蜀殷富。"唐张守节《史记正义》："今益州南戎州北临大江，古僰国。"清段玉裁注："按：犍为郡有僰道县，即今四川叙州府治也。其人民曰僰。《礼记·王制》：'屏之远方，西方曰僰，东方曰寄。'"

晋常璩《华阳国志·蜀志》："僰道县，在南安东四百里，距郡百里，高后六年城之。治马湖江会，水通越巂。本有僰人，故《秦纪》言僰僮之富，汉民多，渐斥徙之。"

"雪曲"，即白色曲酒。

【附】

宋代诗人关于宜宾锁江的诗

元符三年（1100），黄庭坚在戎州，与戎州知州刘广之等一起游赏锁江亭，并作有《再次韵兼简履中南玉三首》（选一）：

锁江亭上一樽酒，山自白云江自横。

李侯短褐有长处，不与俗物同条生。

经术貂蝉续狗尾，文章瓦釜作雷鸣。

古来寒士但守节，夜夜抱关听五更。

此诗中"李侯"即黄庭坚在戎州的朋友李任道，虽一介布衣，但品格高尚。此次游赏锁江亭李任道也在，黄庭坚在作这首诗之前曾专门与李有和诗《次韵李任道晚饮锁江亭》：

西来雪浪如煮熹，两涯一苇乃可横。

忽思钟陵江十里，白蘋风起縠纹生。

酒杯未觉浮蚁滑，茶鼎已作苍蝇鸣。

归时共须落日尽，亦嫌持盖仆屡更。

陆游曾到宜宾，有《叙州》诗咏锁江石：

楚舵吴樯又远游，浣花行乐梦西洲。

千寻铁锁还堪恨，空镇长江不锁愁。

范成大也曾到宜宾游览锁江亭，赋有《七夕至叙州登锁江亭，山谷谪居时屡登此亭，有诗四篇，敬用其韵》：

水口故城丘垄平，新亭乃有緪铁横。

归艎击汰若飞渡，一雨彻明秋涨深。

东楼琐江两重客，笔墨当代俱诗鸣。

我来但醉春碧酒，星桥脉脉向三更。

释解周邦彦《兰陵王·柳》

周邦彦《兰陵王·柳》是送别词中之名篇，但其含义幽深曲折，多用隐喻借代语句。故历代解者虽甚多，却都难达真谛，今诠释解读如次。

周邦彦《兰陵王·柳》：

> 柳阴直，烟里丝丝弄碧。隋堤上、曾见几番，拂水飘绵送行色。登临望故国，谁识京华倦客？长亭路，年去岁来，应折柔条过千尺。
>
> 闲寻旧踪迹。又酒趁哀弦，灯照离席。梨花榆火催寒食。愁一箭风快，半篙波暖，回头迢递便数驿，望人在天北。
>
> 凄恻，恨堆积！渐别浦萦回，津堠岑寂。斜阳冉冉春无极。念月榭携手，露桥闻笛。沉思前事，似梦里，泪暗滴。

一

此词题名曰"柳"，内容却并不是咏柳，而是伤怀寄情。

中国自古有折柳送别之习俗，故古诗词里常用柳来渲染别情。

《诗经·小雅·采薇》："昔我往矣，杨柳依依。今我来思，雨雪霏霏。"盖"柳"谐音"留"，"留"也。柳丝撩人而细长，可喻离思之缠绕而悠长。柳枝飘拂，如招手送别，而柳烟漫漫如烟云，如感伤之离情。

隋无名氏《送别》："杨柳青青著地垂，杨花漫漫搅天飞。柳条折尽花飞尽，借问行人归不归？”

故临行折柳、插柳以送别，以柳枝而寄托相思，实乃华夏久远之旧风遗俗也。

周词分为上、中、下片。诗歌者，寄情之言也。诗是人写的，诗人自然是抒情之主体。但此词之抒情方式，则殊为独特。词分三片，而抒情之主体则三次转换：上片主体是送行的主人，中片主体是被送行的客人，下片则混杂主客之情交融于一体。

这种写法，先主后客，最后难分主客，古今罕有。清人周济说这首词是"客中送客"，也仅见其一端而已。

周词之上片所写，主人也——送客者目中即物之景：

"柳阴直，烟里丝丝弄碧。隋堤上、曾见几番，拂水飘绵送行色。登临望故国，谁识京华倦客？长亭路，年去岁来，应折柔条过千尺。"

"柳阴直，烟里丝丝弄碧。"——这个"直"字自古失义，历来错解，皆以为曲直之"直"，遂难通矣。"直"，遮也，一音之转，音近相假。"遮"，遮密也，故下句言"烟里丝丝弄碧"。"烟"者，烟雾也。薄雾如烟，烟雾如遮，浓烟如障，即所谓"直"或"遮"耳！

柳色如烟，迷离为情，映衬在隋堤上，遂渲染出主人伤别而浓郁的离情：

"隋堤上、曾见几番，拂水飘绵送行色。"

"隋堤"，汴堤也。周邦彦客别之处在北宋都城东京即汴京（今开封）。东京汴河，乃隋代所开凿大运河连通南北之通渠，汴梁为一时之通都大邑。沿河有堤，即"隋堤"。"送行色"，送行之景色也。

"登临望故国，谁识京华倦客？"——"识"，记识与理解也。当拂水飘绵、弱柳拂波、春风飘絮之际，诗人为友人送别而登上高堤眺望远方的故乡，友人的回归触动了主人自身的乡情。于是，诗人问：故乡啊，别离多时，你是否还记得我——这个缠绵京华的倦客？

"倦"，累也。一个"倦"字，含有劳倦、厌倦、疲倦之意。厌倦何事？厌倦客居汴京的宦旅生涯，萌生了思乡怀退之意也。

"长亭路，年去岁来，应折柔条过千尺。"——"亭"者，望亭也，供行人休息的地方。古代驿路上每隔十里设长亭，五里有短亭，亭之起点正是行路之起点。

在这长亭路上，古往今来，年年岁岁，那一根根被人们折断而用来招拂告别的柳枝加起来应当超过千尺、万尺了吧！

上片仅此寥寥数语，词人所表达的何止是主人送客之悲怀。实际上，在词句中渗透表达了一种辽阔的时空感，超越的历史感，个人的孤渺感，以及人生无所寄托、找不到家园归宿而悲怆空旷的寂寞悲情。

二

词之中片写客情，即被主人送别的客人之所见及所思。

"闲寻旧踪迹。"——"闲"者，间也，断断续续。"寻"者，寻找，但也是寻思、怀思。"踪迹"者，往事之遗迹也。远行的客人在追忆，"寻"就是追忆与回思。

别离之际，思忆往事。词人的意识在此换位，已经由送客者转换成被送别者的意识。词人设想——当此之际，别者所思何事，在想什么呢：

"又酒趁哀弦，灯照离席。梨花榆火催寒食。"

"又"，亦借字，非"一而再"意之"又"。"又"者，忆也。客人在追忆——昨夜，那正是一个寒食节的夜晚，主人为客人送行，于别席上举杯斟酒，伴奏的是哀婉悲沉的乐曲。

古代有寒食节，此俗今已失传。寒食在清明前一天。

华夏上古风俗，家灶一年薪火不灭，唯于寒食这一天改火。寒食日将旧火熄灭，禁火一日，节后即另燃新火。新火由君王或长老（三老）举燃于祖庙或宗社，谓之"社火"，常燃一年。百姓万民皆取新火于宗社。

此类上古风俗，自汉晋以后多失传。于是，好事寄托之人乃以端午附会屈原，而以寒食附会介子推，皆以讹传讹，盖不足深论也。

燃取新火之日，谓之"晴明"，亦即"清明"。故清明之本俗，应举新火炊新食，首先要祭祖。此俗传至后世，乃清明扫墓祭祖的由来。

君主于宫中备有榆、柳之木，以赐贵族及近臣而取新火，此火谓之"榆火"。寒食、清明时节正当春分，草方青，花正红，而梨花盛开洁白若雪。

"催"，也是借字。"催"古音"促"，通"簇"，簇拥之意。在梨花、榆火映照下，簇堆着满桌的冷食。"催"字，又有促迫之意。岁月匆匆，欢乐无几，匆匆别期已近了。

以上所描写的这些景况，正是设想客人在船上对昨夜告别之宴的追忆。然而，往事已经消逝，现实却是——

"愁一箭风快，半篙波暖，回头迢递便数驿，望人在天北。"

这是描写客人在船上回望岸边之所见及所思。"愁"，无奈也。无奈风来如箭，加上长篙划动，船走得好快啊！牵动客人无限愁思，再回头望去，送行的主人已远在天边。"北"，非方位之北，读为"傍"，天边也。"望人在天边（北）"，饱含了别离者无限的惆怅与凄婉。

三

周词下片所写乃是主客双方交融的离别及相互思念之情，抒写了两种情怀的缠绕、纠结、互动、缱绻，非主非客，亦主亦客，成为主客双情的交汇共融。

"凄恻，恨堆积！"——"凄恻"，凄怆也。苍凉悲恻之心情也，今语谓之心乱。

此际，船已经渐行渐远，主客心头都堆叠起一层又一层、越来越浓重而压在心头的"恨"。——此所谓"恨"，非关憎恨或仇恨而恰恰是爱，是因爱而生之"恨"。

所恨何事？往日未尽的种种遗憾——应言未言之语，应诉未诉之情，一重重袭来，一遍遍玩味，一层层堆积在心上。这"恨"，实乃遗憾和悔恨也！

"渐别浦萦回，津堠岑寂。斜阳冉冉春无极。"——"渐"，水之细流远逝。"渐"，远也。船渐行渐远，山环水绕，双方都已无法望见——岸上之人已经望不见船，船上之人亦望不见送别者了。

"浦"，大水旁通分流。"别浦"，水流分汊的地方。"萦回"，即迂回。水波回旋，船已经行到分水处，一弯弯山水环绕，一切都逐渐迂回消失而隐没了。

"津堠"，岸上的一座座守望所。时在傍晚，斜阳残照之下，只见到一座座哨所冷清寂寞，孤独矗立。"岑寂"，沉寂也。此时，春色仍一望无边，空旷之景映衬着人的无奈与悲凉。于是，只能再度回想起往事：

"念月榭携手，露桥闻笛。"——想念昔日的夜晚，我们曾在月光下，台榭之畔，倚着沾满露水的桥头，吹奏起那幽幽的长笛。如今，这一切宛然若梦。

"沉思前事，似梦里，泪暗滴。"——那些难忘的夜晚都已成梦境，想到这里怎能不黯然情伤，流下泪水！

这首不长的词，宛如一曲渗透着存在主义的别离、孤独与无奈之感的人生悲诉。词中情景交融，主客交融，意境婉约、缠绵，悲凉空旷，乃是宋词中一首极具现代感的"意识流"以及象征主义的绝唱。

辛弃疾《贺新郎》解译

辛弃疾《贺新郎》：

> 邑中园亭，仆皆为赋词。一日，独坐停云，水声山色，竞来相娱。意
> 溪山欲援例者，遂作数语，庶几仿佛渊明思亲友之意云。

> 甚矣吾衰矣。怅平生、交游零落，只今余几！白发空垂三千丈，一笑
> 人间万事。问何物、能令公喜？我见青山多妩媚，料青山见我应如是。情
> 与貌，略相似。
> 一尊搔首东窗里。想渊明、《停云》诗就，此时风味。江左沉酣求名
> 者，岂识浊醪妙理？回首啸、云飞风起。不恨古人吾不见，恨古人不见吾
> 狂耳！知我者，二三子。

辛词早年悲壮，晚年沉郁，非"豪放"一语所能概括。此《贺新郎》词用
典多，素称难解，兹试译之：

> 完了我已衰老了。遗憾平生那些老友，如今已不剩几个。白发已长了
> 三千丈，对人间万事只附一笑而已。还有什么让你真爱？只有眼中的青山
> 还是那么可爱妩媚，估计青山看我也会有同感。我俩的心情和面貌，大概
> 差不多！
> 倒杯酒挠头坐东窗下。想起当年陶渊明写就《停云》诗，当也是这般

滋味吧。江南江北的那些求功名者，谁懂这浊酒中藏着人生奥秘？回头大叫一声，又惹得云飞风起。不遗憾我没见过那些古人，只遗憾古人看不到我的狂气！理解我的，两三人而已。

此词为辛弃疾晚年的得意之作。宋岳珂《桯史·卷三》："稼轩以词名，每宴必命侍妓歌其所作。特好歌《贺新郎》一词，自诵其警句曰：'我见青山多妩媚，料青山见我应如是。'又曰：'不恨古人吾不见，恨古人不见吾狂耳。'每至此，辄抚髀自笑，顾问坐客何如，皆叹誉如出一口。"

辛弃疾《菩萨蛮·书江西造口壁》解析

辛弃疾《菩萨蛮·书江西造口壁》：

郁孤台下清江水，中间多少行人泪。西北望长安，可怜无数山。　青山遮不住，毕竟东流去。江晚正愁余，山深闻鹧鸪。

译文：

郁孤台下清清江水，中间多少离难眼泪。遥望西北的故都，被座座高山阻住。

但重重青山也挡不住，江水终究向东流去。江畔夜晚我沉思踌躇，深山鹧鸪呼唤着。

辛弃疾此词作于江西造口。造口，江西万安古地名，乃靖康之乱后宋隆祐太后（宋哲宗废后孟氏，高宗时尊为隆祐太后）罹难逃亡之地。

北宋靖康二年（1127），金兵入汴京，掳徽、钦二帝北去。兵荒马乱之际，隆祐太后以废后之身得以幸免，渡江后被拥立于江南。金兵一路南下，烧杀抢掠，兵烽入江西，追迫逃亡中的隆祐太后至造口，仓皇逃窜。此乃为有宋一代不堪回首之痛史也。宋孝宗淳熙三年（1176），辛弃疾路过此地，有感而赋此词。

"郁孤台"，古台名，在今江西赣州市西南的贺兰山上。

此台得名，旧说多以为因"隆阜郁然，孤起平地数丈"。实际上，"郁孤"乃是"郁结"转语，而非合"郁""孤"二字成一新词，盖"结"之古音与"孤"通（犹如"句""勾"之声通，今南方方言依然如此）。"郁孤"，成词也，不可以单字拆解释义。"郁结"，语意近似北方话的疙瘩、块垒之意。台称"郁孤"或"郁结"者，盖因其坐落之山上草木葱郁聚结如块垒耳。另，人心中愁肠盘结，亦曰"郁结"或"块垒"。

　　《楚辞·远游》："遭沉浊而污秽兮，独郁结其谁语？"王逸注："思虑烦冤无告陈也。"太史公曰："此人皆意有所郁结，不得通其道，故述往事，思来者。"其中，"郁结"亦同此意。

　　郁孤台与造口相距百里之遥，而辛弃疾在书造口壁词中却以百里外的郁孤台为起兴，盖有取郁结、块垒之意，写状胸中一股不平之气，寓意有所双关耳。

　　"清江"，旧说即赣江。其实，郁孤台下之流水名章水，即章江也。章水乃赣江之上游，至赣州城下三江口方与贡水汇合而成赣江。章水清澈，故亦称清江。江西《万安县志》："赣水入万安境，初落平广，奔激响溜。"此一江激流，即所谓清江水也。

　　"长安"，唐代都城，今西安。借指帝都，此处喻指在金人占领下已近五十年的北宋旧都汴梁。

　　"江晚正愁余，山深闻鹧鸪"二句，历来失解。

　　"愁余"，旧通解皆曰"愁我"。谓"愁我"，也就是"我愁"，使我感到忧愁。"余"释为"予"，即"我"，实谬不确，因为无论"江晚正愁我"或"江晚正我愁"皆讲不通。

　　余窃以为，"愁余"者，意在字音不在字义。"余""除"，古字通假。"愁余"即"愁除"，此词乃不可拆解之联绵词。"愁除"者，通言即"愁楚""踌躇"，语转亦作"跐蹰"也。

　　"愁楚"者，忧苦。"踌躇""跐蹰"者，逡巡徘徊莫衷一是也。《九辩》："蹇淹留而踌躇。"清黄生《义府》："踌躇，通作仇余、游移、犹豫、犹疑、悠游，本义徘徊不进。"反义为训，则又引申为得意逍遥，即四顾茫然、踌躇满志之态。

"鹧鸪"，异说即子规鸟，其暮春叫鸣曰"不如归去"。子规，即杜鹃，与鹧鸪习性相近，皆为古诗词中常咏的相思鸟、爱情鸟。

又，东汉崔豹《古今注》："鹧鸪，出南方，鸣常自呼，常向日而飞，畏霜露，早晚稀出，有时夜飞，夜飞则以树叶覆其背上。"传说，鹧鸪鸣声独特，鸣音特殊，近人声，听起来像一句话："行不得也哥哥。"

关于鹧鸪的鸣音传说，宋元之际已颇流行，多见于诗句。例如，南宋邓剡（1232—1303）有歌曰："天长地阔多网罗，南音渐少北音多。月飞不起可奈何，行不得也哥哥！"元梁栋《四禽言》诗："行不得也哥哥，湖南湖北秋水多。九疑山前叫虞舜，奈此乾坤无路何，行不得也哥哥。"明丘濬《禽言》诗："行不得也哥哥，十八滩头乱石多。东去入闽南入广，溪流湍驶岭嵯峨，行不得也哥哥。"皆以鹧鸪鸣声为兴词。

故辛词最后一句乃歇后语也，所谓"山深闻鹧鸪"——压句就是"行不得也哥哥"。

此词语句虽平淡无奇，实际暗喻一段悲凉往事。

昔人考证辛弃疾作此词于宋孝宗淳熙三年（1176），时任江西提点驻节赣州途经造口所作。罗大经《鹤林玉露》："盖南渡之初，虏人追隆祐太后御舟至造口，不及而还。幼安自此起兴。"

据《宋史·高宗纪》及《宋史·后妃传》记载，建炎三年（1129）"十月，西路金兵自黄州（今湖北黄冈）渡江，直奔洪州追隆祐太后。……奉太后行次吉州，金人追急，太后乘舟夜行"。《三朝北盟会编》（建炎三年十一月二十三日）记载："质明，至太和县，又进至万安县，兵卫不满百人……金人追至太和县，太后乃自万安县至皂（造）口，舍舟而陆，遂幸虔州（即赣州）。"隆祐太后以贤惠留名。南渡之际，有人请立皇太子（太后的儿子），隆祐拒之。《宋史·后妃传》记其言曰："今强敌在外，我以妇人抱三岁小儿听政，将何以令天下？"

又曰："汉家之厄十世，宜光武之中兴；献公之子九人，唯重耳之独在。"属意于康王赵构，遂立之为高宗。

此词的词境起于眼前之造口，联想遥及于百余里外之郁孤台。"行人泪"三字，则概括当年国变乱离流亡之事，将满怀郁结之情化为貌似寥寥平淡而苍凉悲沉之句。

陈亮壮词二首解译

南宋词人陈亮的《水调歌头·送章德茂大卿使虏》词被推为陈词的压卷之作。历代好者甚多，解家不一。

陈亮《水调歌头·送章德茂大卿使虏》：

> 不见南师久，谩说北群空。当场只手，毕竟还我万夫雄。自笑堂堂汉使，得似洋洋河水，依旧只流东。且复穹庐拜，会向藁街逢。
>
> 尧之都，舜之壤，禹之封。于中应有，一个半个耻臣戎。万里腥膻如许，千古英灵安在，磅礴几时通。胡运何须问，赫日自当中。

隆兴二年（1164），宋孝宗与金人签订"隆兴和议"，宋金两国间定为叔侄关系，改"岁贡"为"岁币"，并割地予金。宋朝廷畏金，不敢再做北伐恢复及加强国防的准备。按例，每年元旦和两国皇帝生辰，双方互派使节祝贺，以示和好。虽貌似对等，但金使到宋敬若上宾，宋使在金低人一等，多受歧视，故南宋有志之士对此极为愤慨。

淳熙十二年（1185）十二月，宋孝宗命章森（字德茂）以大理少卿试户部尚书衔赴金都城大都（今北京）贺万春节（金世宗完颜雍生辰）。临行，陈亮作此词为友人章德茂送行。

译文：

> 北朝不见南方义士已经很久，大概以为人才都被其一扫而空。面对强

故你此行是孤身只手，但仍要做个气压万夫的英雄。你身为堂堂昂扬的汉使，就要像浩浩荡荡的大河之水，尽管曲折往复也要奔流向东。虽然不得不向那异族毡包参拜，坚信早晚会在蒿街与敌酋再逢。

那土地本是唐尧的故都，大舜的故土，夏禹的封疆。在这里，总还会有一个、半个耻于为戎狄做臣子的人。万里河山已被腥膻染透，千古英灵如今向何处安放，磅礴正气何时才能重新通畅。不必再言那胡戎的命运，我们终将像灿烂的太阳一样照耀在天空。

《念奴娇·登多景楼》是陈亮的一首借古论今之作。

陈亮《念奴娇·登多景楼》：

危楼还望，叹此意、今古几人曾会。鬼设神施，浑认作、天限南疆北界。一水横陈，连岗三面，做出争雄势。六朝何事，只成门户私计。

因笑王谢诸人，登高怀远，也学英雄涕。凭却长江，管不到、河洛腥膻无际。正好长驱，不须反顾，寻取中流誓。小儿破贼，势成宁问强对！

宋孝宗淳熙十五年（1188）春，陈亮到建康（今南京）和镇江考察形势，准备向朝廷陈述北伐的事略。

此词以议论形势、陈述政见为主，议论精辟，主力超拔，不同于一般的登临怀古词。

译文：

登上多景楼环望四野，这江山形势的意义，古今有几人领会。鬼斧神工的山川形势，竟只被看作一道天然划分的南北界限。一江横卧，东、南、西三面山峦环抱，这是多么好的争雄天下的地势。六代王朝做了什么，只知偏安一隅各谋私计。

可笑那王谢诸辈，也曾到此登高望远，模仿英雄流下慷慨激昂之泪。守着这长江天险，竟听任河洛中原变成膻腥之地。乘势长驱，不应回首顾盼，应如祖逖般到中流击楫立下誓言。寄望年轻人击贼破敌，形势已成又何须计较强弱得失。

【附】

陈亮（1143—1194），南宋思想家、文学家。少名汝能，字同甫，号龙川。二十六岁时改名为亮，三十六岁时又改名为同，世称龙川先生。

宋高宗绍兴十三年（1143）九月，生于婺州永康龙窟村（今浙江永康市桥下镇）。

陈亮年少聪颖，博览群书。其曾祖父陈知元在汴京保卫战中牺牲，祖父母从小"教以学，冀其必有立于斯世"，在青少年时期就有经略四方之志。他以抗金复国为己任，曾五次上书朝廷，著《上孝宗皇帝书》《中兴五论》《酌古论》等，提出"任贤使能""简法重令"等革新图强言论，反对"偏安定命"，怒斥秦桧奸邪，倡言恢复国土，完成统一大业。因此，得罪主持国政的主流事金派权豪，遂迭遭打击，三次以细故被诬蹭蹬下狱。

宋光宗绍熙四年（1193），陈亮被新皇帝重视，策试状元及第，授进士，擢为第一。翌年四月，授签书建康府判官，逝于赴任途中，享年仅五十一岁。有人认为，其死因非正常，是被投降派官吏所暗杀的。

陈亮词风豪迈，有《龙川文集》《龙川词》传世。

宋孝宗乾道八年（1172），陈亮在小崿峒"保社"和寿山石室（今浙东五峰书院）收徒讲学，潜心著述。陈亮的词豪放有力，政论尖锐犀利，富有爱国思想，号称"人中之龙，文中之虎"。

陈亮是南宋永康学派的代表。在学术上，陈亮力倡"道在物中"，围绕王霸、义利、天理和人欲等重大哲学问题同程朱理学展开辩论。在辩论中，陈亮写了《又甲辰秋书》《又乙巳春书》等给朱熹，独树一帜，力倡事功，构建了以"事功"为核心的思想体系——永康学派。他提倡"实事实功",主张兴实学去空言,为学当有益于国计民生,讥讽朱熹一派理学家"皆风痹不知痛痒之人"。他的文章说理透辟,笔力纵横驰骋,气势慷慨激昂,自称"人中之龙,文中之虎","推倒一世之智勇,开拓万古之心胸"(《甲辰答朱元晦书》)。

陈亮作词,自述"本之以方言俚语,杂之以街谭巷歌,抟搦义理,劫剥经传,而卒归之曲子之律,可以奉百世豪英一笑"(《与宋景元提干书》)。

其词作结合政治议论,直抒胸臆,自言其词作"平生经济之怀,略已陈矣"(宋叶适《水心集》卷二十九《书龙川集后》)。

陈亮以豪放词为宗,《水调歌头·送章德茂大卿使虏》《念奴娇·登多景楼》是其代表作。刘熙载《艺概》卷四:"同甫与稼轩为友,其人才相若,词亦相似。"

蒋捷《虞美人·听雨》解读

蒋捷《虞美人·听雨》词：

少年听雨歌楼上，红烛昏罗帐。壮年听雨客舟中，江阔云低，断雁叫西风。

而今听雨僧庐下，鬓已星星也。悲欢离合总无情，一任阶前，点滴到天明。

译文：

年轻时在歌楼上听雨声，红烛光中绫罗帐下纵情玩乐。壮年时在客船上听雨声，辽阔江面水天一线，失群的孤雁在秋风中发出悲鸣。

而今在僧庐下听雨声，两鬓已斑白稀疏。往昔悲欢离合都已淡然，随它雨儿在门外飘洒，点点滴滴直到天明。

蒋捷（约 1245—1305？），号竹山，南宋末期词人，生活于宋末元初之际。江南阳羡（今江苏宜兴）人，先世为宜兴巨族。咸淳十年（1274），二十九岁举进士。次年二月，元军渡江，宋军战败。德祐二年（1276）二月，太皇太后谢道清携五岁的宋恭帝奉传国玉玺，率百官投降元朝，南宋亡国。蒋捷入元后不受征召，以布衣终老。

蒋捷的一生，早年富贵且生于锦绣丛中，中年遭遇亡国之痛，此后避居草野。南宋亡国后，他的人生是在颠沛流离中度过的。

此词写于作者晚年，貌似平淡之语言，而实际寓有人生之悲与家国之痛，是蒋捷自己一生的写照。

此词中拟构了听雨的三个场景：

一、歌楼上（即妓馆）。尽管楼外风雨，人却在红烛罗帐中纵情嬉乐。

二、风雨客舟中。人听到断雁西风，引起悲怆共鸣。

三、僧庙下。人已两鬓如霜，听风听雨已淡然不动心，随便风雨飘洒到什么时候吧。

以三次听雨作为象征性意象——少年时不懂世情的轻薄玩闹，中年时宦海沉浮的颠沛流离，晚年寄居僧院的淡泊绝望，是万念俱空后一任风雨顺其自然的无归属感。此词将几十年大跨度的时间和空间相融合，提炼出作者少年、中年和晚年时的三种不同感受。三个时期，三种心境，读来令人感到悲凉。

蒋捷长于词曲，与周密、王沂孙、张炎并称"宋末四大家"。其词多寓故国之思、山河之恸，亡国之音哀以思。故蒋词意境多悲凄、通脱，造语奇巧，在宋词中独具一格。其传世词作有《竹山词》一卷，近百首。

【附】

歌楼，即青楼，又称勾栏瓦舍，也称酒楼。唐宋时，为妓院所在也。

唐宋皆有官妓院，文人以逛妓院为时尚。唐杜牧《遣怀》："十年一觉扬州梦，赢得青楼薄幸名。"盖唐宋词曲之兴起，与文人冶游妓院的文化现象有关，而词曲乃青楼歌伎之所唱也。

宋人孟元老《东京梦华录》卷二记北宋首都汴京（今河南开封）：

"凡京师酒楼……南北天井两廊皆小阁子，向晚灯烛荧煌，上下相照，浓妆妓女数百，聚于主廊槏面上，以待酒客呼唤，望之宛若神仙。"

南宋周密《武林旧事》卷六记南宋杭州城"和乐楼"等十一座官营妓楼用官妓陪客：

"每库（那时妓楼被称为"库"）设官妓数十人……饮客登楼，则以名牌点唤侑樽，谓之'点花牌'。……然名娼皆深藏邃阁，未易招呼。"

又记"熙春楼"等妓女侑酒：

"每处各有私名妓数十辈，皆时妆玄服，巧笑争妍。夏月茉莉盈头，春满绮陌。凭槛招邀，谓之'卖客'。"

宋吴自牧《梦粱录》卷二十《妓乐》亦记有酒库设法卖酒的情况：

"自景定以来，诸酒库设法卖酒，官妓及私名妓女数内，拣择上中甲者，委有娉婷秀媚，桃脸樱唇，玉指纤纤，秋波滴溜，歌喉宛转，道得字真韵正，令人侧耳听之不厌。"

其中，录有当时著名官妓十一人和私妓二十二人的名单：官妓如金宝兰、范都宜、唐安安、倪都惜、潘称心、梅丑儿、钱保奴、吕作妨、康三娘、桃师姑、沈三如等；私妓如钱三姐、季惜惜、朱一姐、吕双双、胡怜怜、沈盼盼、普安安、徐双双、彭新等。

宋耐得翁《都城纪胜·酒肆》还记载有一种"庵酒店"，是"有娼妓在内，可以就欢，而于酒阁内暗藏卧床也"。

宋代的这种歌楼、酒楼，与今天夜总会之类的场所差不多，都不外乎以美色促销，或酒色兼营。

元好问《摸鱼儿·雁丘词》解读

元好问《摸鱼儿·雁丘词》：

乙丑岁赴试并州，道逢捕雁者云："今日获一雁，杀之矣。其脱网者悲鸣不能去，竟自投于地而死。"予因买得之，葬之汾水之上，垒石为识，号曰"雁丘"。同行者多为赋诗，予亦有《雁丘词》。旧所作无宫商，今改定之。

问世间，情为何物，直教生死相许。天南地北双飞客，老翅几回寒暑。欢乐趣，离别苦，就中更有痴儿女。君应有语：渺万里层云，千山暮雪，只影向谁去？

横汾路，寂寞当年箫鼓，荒烟依旧平楚。招魂楚些何嗟及，山鬼暗啼风雨。天也妒，未信与，莺儿燕子俱黄土。千秋万古，为留待骚人，狂歌痛饮，来访雁丘处。

《摸鱼儿·雁丘词》是金代诗人元好问的名作。金章宗泰和五年（1205），时年十六岁的元好问，在赴并州应试途中遇一位捕雁猎人，说今日捕到一对比翼双飞的大雁，一只被猎人网捕杀死后，另一只大雁也从天上撞下来自残而死。

诗人被这种生死至情所感动，便向猎人买下了这对死去的大雁，将它们合葬在汾水旁，并建了一个小小的坟墓，名曰"雁丘"。后作《雁丘词》一阕，便是这首词。

译文：

　　问这世间，爱情究竟是什么东西，竟能让人为之不顾生死。这双雁曾飞遍天南地北，老翅膀历经几多风雨。相聚的欢乐，离别的悲苦，迷误多少呆儿痴女。你也许想说：那遥远渺茫的万里云天，夜晚风雪昏暗的千重群山，形单影只又能向何处去？

　　这汾水横舟的旧路，已不闻当年的箫笛鼓乐，只留下荒烟迷茫的平野。招魂的楚歌悲哀嗟叹，宛如山鬼在风雨中悲鸣。苍天怕也嫉妒，不信你会如同那些寻常莺燕化为泥土。千秋万岁后，仍会引来无数多情人狂歌痛饮，凭吊这双大雁的殉情之处。

"乙丑岁"，金章宗泰和五年（1205），时年元好问仅十六岁。其词中多悲苦之词，因为这时的金朝已经进入一个动荡的阶段。

"并州"，今山西太原。

"雁丘"，据嘉庆《大清一统志》："雁丘在阳曲县西汾水旁。金元好问赴府试，垒石为丘，作《雁丘词》。"

"横汾路，寂寞当年箫鼓"，典出《汉武故事》："上幸河东，欣言中流，与群臣饮宴。顾视帝京，乃自作《秋风辞》曰：'泛楼船兮汾河，横中流兮扬素波。箫鼓吹，发棹歌，极欢乐兮哀情多。'"

"楚些"，即楚歌。"些"，古音及晋陕古方言与"歌"音通。

"平楚"，古成语，即"平川"之转语，犹平野。南齐谢朓《宣城郡内登望》："寒城一以眺，平楚正苍然。"唐李商隐《访隐》："月从平楚转，泉自上方来。"宋文天祥《汶阳道中》："平楚渺四极，雪风迷远天。"

明杨慎《升庵诗话·平林》："楚，丛木也，登高望远，见木杪如平地，故云'平楚'。犹《诗》所谓'平林'也。"清冯桂芬《劝树桑议》："西北诸省千百里，弥望平楚，莫不宜桑。"鲁迅《阻郁达夫移家杭州》："平楚日和憎健翮，小山香满蔽高岑。"

"平楚"语转"平川"，又即"平顺"，指广阔平坦之地。《古文苑·扬雄〈幽州牧箴〉》："荡荡平川，惟冀之别。"章樵注："地势平，则川陆皆平。"唐杜甫《秋日夔府咏怀奉寄监李宾客一百韵》："有时惊叠嶂，何处觅平川。"宋苏轼《上皇帝书》："臣观其地，三面被山，独其西平川数百里。""平川"与"平楚"同意。

【附】

元好问（1190—1257），字裕之，号遗山，山西秀容（今山西忻州）人，世称遗山先生。金代文学家、诗人。

元好问自称唐朝诗人元结的后裔，祖父元滋喜曾是金朝的铜山令。

元好问生于金章宗明昌元年（1190）七月，后过继给叔父元格。四岁随从母张氏学习，五岁时跟随叔父住在掖县（今属山东）。七岁能诗，被称为神童。

金章宗泰和五年（1205），元好问十六岁时往并州赴试，途中遇到一捕雁的人，说今天捕到一只大雁，另一只脱网，但脱网之雁悲鸣不去，最终撞地殉情而死。元好问听后买下了这两只雁，将其葬于江边，并写下了《雁丘词》。

金宣宗贞祐二年（1214），蒙古军大举南下，元好问举家至河南避乱。这个时期，元好问目睹战乱四起，写下了不少悲愤之作，其中有《箕山》《琴台》等诗。

元好问参加过数次科举，直到金宣宗兴定五年（1221）终于进士及第。金哀宗正大元年（1224），元好问应选宏词科，召任国史院编修。

从仕后，元好问做过金国小官，曾经担任镇平县令（1226）、内乡县令（1227），后迁任南阳县令。后至汴京，任尚书都省掾。

金哀宗天兴元年（1232）三月，蒙古军围困汴京，时年元好问任尚书省左司都事。同年十二月，蒙古军第二次围城，金哀宗率兵弃城突围。当时，汴京城内粮食已绝，米价暴涨，百姓多有饿死。金哀宗天兴二年（1233）正月，守城西面元帅崔立以汴京城投降蒙古军。

蒙古军占领汴京后，元好问作为金朝官员被押解出汴京。天兴二年五月，元好问在乱离中携友人幼子白朴北渡黄河。同年秋，元好问被元政权拘于聊城（今属山东）。天兴三年（元太宗六年［1234］正月），金哀宗自杀，金朝灭亡。

元太宗八年（1236），元好问由聊城移居冠氏县（今山东冠县），居住四年。金朝的灭亡与人民的惨状对元好问造成了很大的打击。

五十岁时，元好问回到了故乡忻州。这时，他思想消沉，生厌世之感，认为"读书误人多"，要后代学子耕耘种树，不要学子读书。

晚年，元好问致力于金朝历史和文化，潜心编纂著述。

六十三岁时，元好问北上觐见忽必烈，说服忽必烈接纳尊信儒学，并请其为"儒教大宗师"，任用儒士治国。

元宪宗七年（1257）九月，元好问卒于获鹿（今属河北石家庄），葬于故乡下山村（今山西省忻州市西张乡韩岩村）。

元好问有传世作品《遗山集》，有词三百七十七首，以苏、辛为典范，兼有豪放、婉约风格，为金代词坛第一人；散曲九首，用俗为雅，变故作新。另外，还有小说《续夷坚志》，并编选了金代诗集《中州集》等。

萨都剌《木兰花慢·彭城怀古》解读

萨都剌《木兰花慢·彭城怀古》:

古徐州形胜，消磨尽，几英雄！想铁甲重瞳，乌骓汗血，玉帐连空。楚歌八千兵散，料梦魂，应不到江东。空有黄河如带，乱山回合云龙。

汉家陵阙起秋风，禾黍满关中。更戏马台荒，画眉人远，燕子楼空。人生百年如寄，且开怀，一饮尽千钟。回首荒城斜日，倚栏目送飞鸿。

译文:

自古中州形势优胜，为之消磨、多少英雄！想身披铁甲的项羽，有乌骓汗血宝马，身后军帐入云。当四面楚歌兵众散去，料想梦魂愧对江东父老。只留下一线黄河，乱山盘旋入云如龙。

秋风吹动，汉家陵墓高耸，关中富庶满庄稼。演军场戏马台已荒废，善于画眉的多情人已远逝，燕子飞去楼台成空。人生百年如寄宿在外的旅人，何不开怀畅饮，一次连续喝它千盅。回首看荒城落日，凭栏目送那远去的飞鸿。

萨都剌，字天锡，元代诗人。元泰定四年（1327）进士。博学能文，其诗词作品传世数百首。最著名的是怀古词《念奴娇·登石头城》《满江红·金陵怀古》等，寄托了历史兴亡之感，意境沉厚、苍茫、悲凉，遂传世成为经典。

"徐州"，即古彭城，城南有云龙山，北有黄河古道。此地曾是西楚霸王项羽的都城，有项羽演军场，名戏马台。所谓"铁甲重瞳"之人，即指项羽。

关于"重瞳"，民间俗称"双对子眼睛"。最出名的"重瞳"人有二：一是上古之大舜，二是项羽。钱谦益《徐州杂题·其二》："重瞳遗迹已冥冥，戏马台前鬼火青。十丈黄楼临泗水，行人犹说霸王厅。"清周龙藻《大墙上蒿行》："亚父好奇策，终被重瞳误。"

"画眉人远"一句，典出《汉书·张敞传》。长安京兆尹张敞，与妻子恩爱，亲自"为妇画眉"。然"画眉人"虽用张敞典故，但词人在此所指实应为项羽爱妾——美人虞姬也。

"燕子楼空"一句，则借用苏东坡《永遇乐》词中成句："燕子楼空，佳人何在。"据说，唐贞元年间，徐州守官张建封（一说张建封之子张愔）守徐州，为其爱妾关盼盼特建一座小楼。此楼年年春多招引燕子栖息。张建封死后，关盼盼守节不嫁，后绝食殉情而死。

元惠宗至元二年（1336）春，萨都剌南行入闽，途经徐州、扬州、平江、杭州、桐庐、兰溪、仙霞岭、崇安、建溪等山水胜地，均留下诗篇。《木兰花慢·彭城怀古》词应作于此时。其词沉厚苍凉，极尽古今兴亡之感。

萨都剌还作有《彭城杂咏》数首：

> 雪白杨花扑马头，行人春尽过徐州。
> 夜深一片城头月，曾照张家燕子楼。

> 黄河三面绕孤城，独倚危阑眼倍明。
> 柳絮飞飞三月暮，楼头犹有卖花声。

彭城，自古即为英雄美人之城，因此引发代代诗人不胜今昔之感。

每登临古城，看黄河远去，云龙山傲立，追寻霸王遗迹，而成王败寇则似乎是历史不变之铁律。

当年刘邦击败项羽，关中繁盛一时，徐州遂荒落。纵有多情人如张敞、张建封、关盼盼，到头来不是也风流云散终归化作前尘往事吗？百年人生，不过如梦亦如戏而已。

故苏东坡怀古词《念奴娇·赤壁怀古》："大江东去，浪淘尽，千古风流人物。"又《永遇乐》："古今如梦，何曾梦觉，但有旧欢新怨。"——同样，正是这种历史的悲剧感、喜剧感，以及不尽沧桑之感，构成了萨都剌《木兰花慢·彭城怀古》一词的无边意境。

萨都剌身后不久，不过数十年间，朱元璋平地而起推翻元朝，遂成又一轮改朝换代矣！

明末诗僧苍雪的一首禅诗解析

禅诗，是古诗中独特的一类，又称偈子或偈，以短句和断语言说禅理、禅意之诗歌也。

禅诗起源于佛祖的四言禅诗《诞生偈》："天上天下，唯我独尊。今兹而往，生分已尽。"最著名的是六祖慧能大师师徒问答的五言禅诗《无相偈》："身似菩提树，心似明镜台。时时勤拂拭，不使染尘埃。""菩提本无树，明镜亦非台。本来无一物，何处惹尘埃。"

历代善写禅诗的圣手极多，如寒山、拾得、王梵志，文人如李白、杜甫、白居易、王维、苏轼、黄庭坚、曹雪芹等也都留有名句传世。

下面这首明末清初的禅诗并不很出名，但饶有意境：

> 松下无人一局残，空山松子落棋盘。
>
> 神仙更有神仙着，千古输赢下不完。

这首禅诗是明末诗僧苍雪法师的《毕竟输赢下不完》，意味深长。大意是，空山棋局，人去棋留。残局不尽，都留给松子（象征也，喻大自然）收拾。代代人生，输赢只是一个循环，没有真实价值，不足搏命计较。

这首诗仅二十八字，所论却关乎人生以及历史的大哲理。

人类历史自从宇宙、地球发生生命以来，物质世界演化的历史都被设定并运行于一个大的泛演化逻辑程序中。支配这个程序全部过程的基本规律，是自由演化以及成果必然综合的原理，即黑格尔辩证法的对立统一规律和复式否定

（否定之否定）规律。这个规律使得进化和历史成为局部宇宙有意义的生命醒觉事件。但是无论如何演化以及进化，作为能量暂时有序集聚的宇宙最终结局必然是熵化、热寂，这是宇宙的最终宿命。因此，正如每一个个体生命，宇宙也终有彻底死亡、毁灭之期，从而使得全部演化和进化彻底丧失意义。佛教所言无以及虚空、寂灭、涅槃，皆与此有关。换句话说，对于个体生命和家族、国家，历史具有意义。但对于宇宙和上帝而言，历史毫无意义，只不过是一场游戏——棋局而已。

这首松下观弈的禅诗，就是一位高僧从宇宙观而不是个体观的所思及所言。

这首禅诗作者为苍雪法师，法名读彻（1588—1656），字见晓，别号南来。俗姓赵，昆明人，明末著名诗僧。

苍雪法师有好友见月法师（1601—1679），法名读体。云南楚雄人，曾经为金陵宝华寺住持。二人皆为明末清初著名禅师，并称"二读"或"二见"。

苍雪法师五岁从父于昆明妙湛寺出家，于鸡足山寂光寺为水月儒全侍者，掌管书记。

崇祯元年（1628），法师主持苏州中峰寺并开座讲学。到明亡前的十余年，苍雪法师几乎都在此寺中讲学。

苍雪法师精通法藏、澄观大师的各种典籍，又通晓《华严》《楞严经》《法华经》，以及《唯识论》《中论》《百论》《十二门论》等诸经论，工诗，善画，能书，颇受文人士子们的崇仰。

晚明文人董其昌、陈继儒、徐尔铉、汪希伯、姚希孟、姚宗典、徐波、毛晋、邢桐、赵均、文从简等，都曾来投门聆教、听经、酬问。

明亡后，苍雪法师对清廷采取不合作态度，拒绝了朝廷"奉师"的邀请。他与王时敏、吴伟业、钱谦益、黄翼圣等人友好，多有诗唱和。著有《法华珠髻》一书，并与丽江府木公共同编撰有《华严海印忏仪》四十二卷。

苍雪法师博通内外典籍，博学多闻，善画，工诗，尤以善作禅机之诗著名。其诗多机趣禅理，为世所珍。他的诗多已散佚，现存者乃后人收集编辑有《南来堂诗集》四卷，又补编四卷。明王士祯《海洋诗话》推举其为"明代三百年第一诗僧"。

清顺治十三年（1656）暮春，宝华山住持见月（读体）法师专程到中峰寺邀请苍雪法师去讲《楞严经》，时其身体已极差，意欲谢绝。但见月法师屡次来请，推辞不过，只好抱病前往。

五月十八日，苍雪法师登坛讲经。讲至第三卷时，忽不能进食，为不使听众失望，他一连十日粒米不进仍登坛讲经，直至实在无法支撑才作罢。他已知寿数将尽，乃作《遗诫》诗十首示后人。又，闰五月二十二日，其作《辞世偈》曰："我不修福，不生天上；我不造罪，不堕地下。还来人间，生死不怕。有一宝珠，欲求善价。别开铺面，娑婆世界。"

偈毕圆寂，世寿六十九岁。

【附】

苍雪法师诗十二首

枫 江 晚 发

月黑江村树，鸡鸣古戍边。

才分渔火岸，正及稻花天。

帆出树头去，船深波底眠。

前程何所事，来往自萧然。

留别社中诸友

相送了无意，临岐忽黯然。

回看吴苑树，独上秣陵船。

春老还山路，江昏欲暮天。

白鸥应怪我，聚散碧波间。

送友入匡山投礼憨大师

偶向匡庐去，安禅第几重。

九江黄叶寺，五老白云峰。

落日眠苍兕，飞泉挂玉龙。

到时应为我，致意虎溪松。

次韵吴骏公（梅村）见寄

国破家何在，山深犹未归。

不堪加皂帽，宁可著缁衣。

夜气含秋爽，空香湿露微。

遥怜玄度梦，时傍月乌飞。

山 中 行

山中行，云迷樵径雨初晴，

有时送君自崖返，自此远矣君之行！

山中住，茅庵绝顶孤危处，

我本不从云水来，问山先住人先住？

山中坐，只教七个薄团破，

青苔日后自无尘，落花满地承敷座。

山中卧，草深蚊虫咬不过，

只愁夜短睡不足，那管昼长难忍饿！

南台静坐一炉香

南台静坐一炉香，终日凝然万虑亡。

不是息心除妄想，只缘无事可思量。

山 居

山深麋鹿好为群，水丰草饶隔世氛。

牵犊饮流嫌污口，让王洗耳怪来闻。

鸿飞易远逃罗网，木茂难求脱斧斤。

不是绝人何太甚，人情更薄似秋云。

送僧还鸡足

滇南古路路千盘，有客长歌行路难。

筇杖半挑云里去，远山一点雪中来。

瘴烟黑处深须避，烽火红时仔细看。

三月还家春色老，杜鹃啼杀杏花餐。

别九玉徐公定铁山看梅

我欲求闲不得闲，君诗删过又重删。

灯前预定看梅约，岁暮遥怜破冻还。

一夜花开湖上路，半春家在雪中山。

停舟记取溪桥外，望见茅庵直叩关。

华山除夕有怀扈芷弟

极目黄云冻未消，扁舟隔断楚江潮。

一身雪里逢除夜，两处灯前话岁朝。

久客不归天际寺，送人常过涧边桥。

笑看往事何如梦，依旧东风到柳条。

金陵怀古四首

其 一

倚楼何处听吹笙，二十四桥空月明。

断岸青山京口渡，江翻白浪石头城。

长生古殿今安在，饿死荒台枉受名。

最是劳劳亭上望，不堪衰柳动秋声。

其　四

石头城下水淙淙，西望江关合抱龙。

六代萧条黄叶寺，五更风雨北门钟。

凤凰已去台边树，燕子仍飞矶上峰。

抔土当年谁敢盗，一朝代尽少陵松。

送唐大来归滇

小艇难禁五两风，鸡山有路几时通，

殷勤为我传乡信，结个茅团在雪中。

康有为悼李鸿章的一首诗解析

劳劳车马未离鞍，临事方知一死难。

三百年来伤国步，八千里外吊民残。

秋风宝剑孤臣泪，落日旌旗大将坛。

海外尘氛犹未息，诸君莫作等闲看。

此诗多传为李鸿章临终绝笔，但未见于《李文忠公全集》。

此诗系一首悼亡之作，有论者谓作者应是康有为。1901 年，李鸿章病逝于京师。其时，康有为正流亡在新加坡槟榔屿，去国近万里，时逢庚子之乱，国破民残，故有"八千里外吊民残"之语。

虽康有为与李鸿章有帝党及后党之别，其往昔交往则颇多纠结，故康有为闻其死讯后感慨时政及国事而赋此诗。

李鸿章作为以知洋务著称的晚清官僚，同情维新，但又自保为首，这是李鸿章在戊戌风云中的立场。据近年新见史料，李鸿章在当时朝野纷争中立场属于慈禧太后一边的后党，但是对康、梁维新派实际亦暗中有所支持。

1898 年 6 月 11 日，光绪下诏明定国事，历史上的"百日维新"戊戌变法开始。6 月 16 日，光绪召见康有为，授总理衙门章京上行走，设计改革新政事务。退朝后，康有为在皇宫便道途中遇到了李鸿章。李鸿章悄悄将荣禄在慈禧面前参劾以及刚毅反对皇帝授官差之事告诉了康有为，意在提醒康有为小心。

还有一次，荣禄到颐和园谒见慈禧太后，正好李鸿章因太后赏赐食品向太后谢恩，故同被召入。荣禄当着李鸿章的面告状，说"康有为非法乱制，皇上如果听从必将有大害"，同时以李鸿章"多历事故"为辞而要其对太后直陈变法的害处。李鸿章搪塞支应过去，并将此密告康有为。

实际上，戊戌新政的一些政策措施，如奖励工商等都是李鸿章多年主张的，将科举考试中的八股废掉改为策试更得李鸿章赞赏。康有为为首的维新派本想废科举兴办洋式学堂，但考虑到会遭到天下读书人的反对，所以妥协暂改，只是废八股改为策试。李鸿章私下曾对人说："康有为吾不如也。废制议事，吾欲为数十年而不能，彼竟能之，吾深愧焉。"当李鸿章听说废八股遭到许多读书人反对，甚至有人要刺杀康有为时，特派人前往康有为处，要其"养壮士，住深室，简出游以避之"。后康有为奉命出京，李鸿章还"遣人慰行"。

1898年戊戌维新变法，创办了京师大学堂（北京大学的前身）。李鸿章曾劝奉旨管理大学堂事务的孙家鼐请康有为出任总教习，虽然此议未成，但对京师大学堂创办、发展起过重要作用的西学总教习美国人丁韪良则是因李鸿章和孙家鼐的力荐才就任的。丁韪良后来对人说："戊戌举办的各种新政，惟设立大学堂一事，李鸿章认为最关重要，赞助甚力。"

戊戌政变后，慈禧太后重新训政，光绪皇帝被囚。康、梁流亡海外，"六君子"被杀，支持维新的朝廷官员受到不同程度的惩罚，新法尽废。在这种严峻时刻，李鸿章仍暗中庇护了一些维新人士，如张元济因参加维新被革职，其不仅派人前去慰问，而且要盛宣怀在上海帮助安排张的工作。

由于李鸿章的许多思想与维新派相近，所以有人向慈禧告密说李鸿章也是维新派。慈禧太后召见李鸿章，说："有人说你是康党。"李鸿章回答说："臣实是康党，废立之事，臣不与闻。六部诚可废，若旧法能富强，中国之强久矣，何待今日？主张变法者即指为康党，臣无可逃，实是康党。"慈禧太后听后"默然"。（据李鸿章侄婿孙宝瑄［字仲屿］《日益斋日记》）

李鸿章之所以如此回答慈禧太后，是因为他了解慈禧太后最关心的其实并非"法"变不变，而是她的权力是否受到挑战；注重的首先不是臣下对"变法"

的观点，而是其是否参与光绪、维新派的实际政治活动。所以，李鸿章强调"废立之事，臣不与闻"，表明自己不介入宫廷斗争，不参与朝廷的"家务事"。

1898年戊戌政变后的一年多时间里，慈禧太后严令清廷在全国范围内大肆搜捕新党，维新派人士多数流亡海外。

1898年11月，因当时西方列强多支持光绪和康、梁维新党人，慈禧太后派荣禄去见李鸿章，想让李鸿章出面安抚洋人。李鸿章请求朝廷委任自己为两广总督，以便与列强沟通。荣禄向慈禧太后转达了李鸿章的意思，慈禧太后同意了。1900年初，李鸿章离京南下赴任。

1899年7月，康有为在加拿大成立"保皇会"。慈禧备感压力，因此两度以十万两白银的巨额赏金悬赏捕杀康、梁。另外，慈禧决定废黜光绪皇帝，使保皇党人彻底失去希望。

1900年1月24日，慈禧宣布废黜光绪皇帝，欲立端王载漪之子溥儁为皇储。然而，这次废立遭到以刘坤一为首的外藩大臣的反对，加上列强不支持，最终宣告失败。

康、梁保皇党人闻听后党废立之议后，计划组织起兵勤王。保皇会在澳门设立总局，指挥国内。按保皇会的设想，起兵勤王主要在三个方向：长江、广西、广东。长江起义，主要负责人是唐才常及其自立军。在广西方面，康有为集合广西保皇党人及天地会党人，准备攻桂林，取湘鄂。1900年5月，唐景崧派人主动与康有为联系，其原在康有为协助下在桂北办团练，已经拥有多个根据地。在广东方面，康有为派梁炳光等人到新安、东莞一带办团练，联络各地洪门会党与绿林豪杰。康有为、梁启超非常重视广东举事，还有一个原因就是康、梁均为广东人。

正当康有为、梁启超密谋在广西、广东发动起义时，李鸿章就任两广总督。

1900年1月18日，李鸿章到达广州。他此行的受命之一，就是肃清康有为、梁启超及其党人。在李鸿章就任两广总督之前，清政府已经严令海疆各地缉拿康、梁，但是李鸿章对康有为、梁启超实际抱有同情的态度。到任不久的

2月11日，清廷下令李鸿章将康有为、梁启超在广东家乡的祖坟铲平，但李鸿章接到朝廷命令后迟迟不肯行动。到了3月27日，李鸿章上奏朝廷，称"虑激则生变，平坟似宜稍缓"。

不仅如此，李鸿章还给康有为、梁启超写了一封亲笔信。在信中，李鸿章勉励康、梁："精研西学，历练才干，以待他日效力国事，不必因现时境遇遽灰初心。"

1900年庚子事变（义和团运动），八国联军攻陷北京，慈禧太后带着光绪皇帝逃至西安，清廷大乱。

6月12日，慈禧太后转授李鸿章为直隶总督兼北洋大臣，火速调其回京负责与列强周旋及拟签订条约事务，并连续急电催其北上。

李鸿章回京后即主持与列强的谈判。1901年7月25日，李鸿章、奕劻代表清廷签署了《辛丑条约》，赔款白银四亿五千万两。

《辛丑条约》签署后两个月，李鸿章身体每况愈下，不久病逝。

死讯传到海外，康有为的弟子梁启超在《李文忠公事略》（又名《李鸿章传》）中对李鸿章的评价是：

"李鸿章不识国民之原理，不通世界之大势，不知政治之本原。当此十九世纪竞争进化之世，而惟弥缝补苴，偷一时之安，不务扩养国民实力，置其国于威德完盛之域，而仅摭拾泰西皮毛，汲流忘源，遂乃自足。

"要而论之，李鸿章有才气而无学识之人，有阅历而无血性之人也。彼非无鞠躬尽瘁死而后已之心，然彼弥缝偷安以待死者也。彼于未死之前，当责任而不辞，然未尝有立百年大计以遗后人之志。

"吾故曰：敬李之才，惜李之识，悲李之遇。

"吾欲以两言论断之曰：不学无术，不敢破格，是其所短也；不避劳苦，不畏谤言，是其所长也。"

李鸿章死后，康有为写了开篇这首悼亡诗。试解析如下：

劳顿的车马还没有解开鞍绳，

事到临头才知道死别是多么艰难。

三百年来清朝无所建树而国家进步很小，

我流亡在八千里之外为百姓受残害而伤心。

你身为孤臣孽子只有秋风和宝剑做伴，

夕阳残照里只剩下军旗和空空的大将坛。

可是海外侵掠的征尘还远没有平息，

朝中官人莫要视而不见做等闲之辈。

"劳劳车马未离鞍，临事方知一死难"句，系化用清人赵翼《瓯北诗钞》的旧句"平时每作千秋想，临事方知一死难"。

赵诗原意是讽刺明末重臣洪承畴的贪生怕死。洪承畴兵败后被清军所俘虏，作为明臣子本应赴死以表示忠贞，但他投降了清朝。这就是所谓"一死难"。

"落日旌旗大将坛"句，李鸿章以淮军为基础建立北洋系军队，被尊为军帅。

【附】

1897年，李鸿章访问德国。这位北洋新军的统帅，一度被西方媒体誉为俾斯麦式的人物。

但是，梁启超则认为李鸿章难以与俾斯麦相提并论：

"以兵事论，俾斯麦所胜者敌国也，李鸿章所夷者同胞也；以内政论，俾斯麦能合向来散漫之列国而为一大联邦，李鸿章乃使庞然硕大之支那降为二等国；以外交论，俾斯麦联奥意而使为我用，李鸿章联俄而反堕彼谋。三者相较，其霄壤何如也。此非以成败论人也，李鸿章之学问智术胆力，无一能如俾斯麦者，其成就之不能如彼，实优胜劣败之公例然也。虽李之际遇或不及俾，至其凭藉（借）则有过之。人各有所难，非胜其难，则不足为英雄。李自诉其所处之难，而不知俾亦有俾之难，非李所能喻也。使二人易地以居，吾知其成败之数亦若是已耳。故持东李西俾之论者，是重诬二人也。"①

① 梁启超:《李鸿章传》，东方出版社，2009 年。

《红楼梦》诗词解析

薛宝琴托古咏物诗十首谜底揭晓

　　《红楼梦》第五十至第五十一回有妙女薛宝琴所作《怀古》灯谜诗十首，每首各隐喻一物，十首皆为谜语。然而，此十首诗所喻究竟为何史事及物事？三百年来说者见仁见智，迄今未得确论。余早年在田亩间时曾好奇而试解之，惜乎昔日考订旧稿已残，仅略存数纸片段不全，兹据记忆并重新寻书查典故而理之如次。

　　《红楼梦》（第五十回）：

　　　　宝琴走过来笑道："从小儿所走的地方的古迹不少，我也来挑了十个地方的古迹，作了十首怀古的诗。诗虽粗鄙，却怀往事，又暗隐俗物十件，姐姐们请猜一猜。"众人听了，都说："这倒巧？何不写出来大家一看？"

　　续（第五十一回）：

　　　　话说众人闻得薛宝琴将素昔所经过各省内的古迹为题，作了十首怀古绝句，内隐十物，皆说："这自然新巧！"都争着看时，只见写道：

赤壁怀古

　　赤壁沉埋水不流，徒留名姓载空舟。

　　喧阗一炬悲风冷，无限英魂在内游。

交 趾 怀 古

铜铸金墉振纪纲，声传海外播戎羌。

马援自是功劳大，铁笛无烦说子房。

钟 山 怀 古

名利何曾伴汝身，无端被诏出凡尘。

牵连大抵难休绝，莫怨他人嘲笑频。

淮 阴 怀 古

壮士须防恶犬欺，三齐位定盖棺时。

寄言世俗休轻鄙，一饭之恩死也知。

广 陵 怀 古

蝉噪鸦栖转眼过，隋堤风景近如何。

只缘占得风流号，惹得纷纷口舌多。

桃 叶 渡 怀 古

衰草闲花映浅池，桃枝桃叶总分离。

六朝梁栋多如许，小照空悬壁上题。

青 冢 怀 古

黑水茫茫咽不流，冰弦拨尽曲中愁。

汉家制度诚堪叹，樗栎应惭万古羞。

马 嵬 怀 古

寂寞脂痕渍汗光，温柔一旦付东洋。

只因遗得风流迹，此日衣衾尚有香。

蒲东寺怀古

小红骨贱最身轻，私掖偷携强撮成。

虽被夫人时吊起，已经勾引彼同行。

梅花观怀古

不在梅边在柳边，个中谁拾画婵娟。

团圆莫忆春香到，一别西风又一年。

众人看了，都称奇妙。

宝钗先说道："前八首都是史鉴上有据的；后二首却无考，我们也不大懂得，不如另作两首为是。"

黛玉忙拦道："这宝姐姐也忒'胶柱鼓瑟，矫揉造作'了。这两首虽于史鉴上无考，咱们虽不曾看这些外传，不知底里，难道咱们连两本戏也没有见过不成？那三岁孩子也知道，何况咱们？"

探春便道："这话正是了。"

李纨又道："况且她原是到过这个地方的。这两件事虽无考，古往今来，以讹传讹，好事者竟故意的弄出这古迹来以愚人。比如那年上京的时节，便是关夫子的坟，倒见了三四处。关夫子一生事业，皆是有据的，如何又有许多的坟？自然是后来人敬爱他生前为人，只怕从这敬爱上穿凿出来，也是有的。及至看《广舆记》上，不止关夫子的坟多，自古来有些名望的人，那坟就不少，无考的古迹更多。如今这两首虽无考，凡说书唱戏，甚至于求的签上都有。老少男女，俗语口头，人人皆知皆说的。况且又并不是看了《西厢记》《牡丹亭》的词曲，怕看了邪书了。这也无妨，只管留着。"

宝钗听说，方罢了。大家猜了一回，皆不是。

"大家猜了一回，皆不是。"《红楼梦》作者后来也终究未将此十首诗的谜底作交代。但是，从篇末宝钗、黛玉、探春、李纨四人的对话看，其实大家并非猜不出来，而只是不方便将"谜底"写出来罢了。何故？

因为这十个"谜底"有两个特点：一是"俗物"，常见之物；二是有"寓意"，要令读者从古迹引发联想。

自《红楼梦》一书问世以来，此十首怀古绝句的诗谜就成了研究者的不解之谜。

今日余则解之如次，特别是最后两首的解读，可以与上文所引宝钗、黛玉等的对话比照，从而得到极其自然的证明。

第一首《赤壁怀古》：

> 赤壁沉埋水不流，徒留名姓载空舟。
>
> 喧阗一炬悲风冷，无限英魂在内游。

——此所喻物，走马灯也。

走马灯，灯笼之一种。灯内点有炬烛，产生热力造成气流，令灯内风轮转动。轮轴上有剪纸，烛光遂将剪纸影子投射在屏上，图像幻影不断走动。古人多在灯各面绘制历史故事图画，而灯转动时好像人物在你追我赶，故名"走马灯"。宋代已有走马灯，称"马骑灯"。

元人谢宗可《咏走马灯》："飙轮拥骑驾炎精，飞绕间不夜城。风鬣追星来有影，霜蹄逐电去无声。秦军夜溃咸阳火，吴炬霄驰赤壁兵。更忆雕鞍年少日，章台踏碎月华明。"薛宝琴怀古第一首诗寓意与此诗同。

"赤壁"，古地名，周瑜击破曹操南下大军之古战场地名。

盖走马灯者，亦可象征人类政治舞台恩怨轮回之历史也。

第二首《交趾怀古》：

铜铸金墉振纪纲，声传海外播戎羌。

马援自是功劳大，铁笛无烦说子房。

——此所喻物，铜鼓也。

铜鼓，古代南蛮祭祀及战争动员之重器。《后汉书·马援传》记马援南征交趾得骆越铜鼓："援好骑，善别名马，于交趾得骆越铜鼓。"

"金墉"，即金城也，汉代西域地名。"墉"字，或借为"镛"。"镛"者，铜做大钟也，亦称"金鼓"。

"马援"，东汉名将，曾于金城击败先零羌兵。后复南下平定交趾，官拜伏波将军。晚年，征西南武陵蛮时病死军中，遂以马革裹尸还家。

"子房"，汉初名臣张良。"铁笛"，传说张良善笛，曾吹笛作楚声乱项羽军心于垓下，四面楚歌，遂灭项军。刘邦赞张良说："运筹帷幄中，决胜千里外，子房功也！"又传马援南征武陵蛮时作《武溪深》一首。西晋崔豹《古今注》记："《武溪深》，马援南征时作。门生爰寄生善笛，援作歌以和之。"此句则化用其典。

第三首《钟山怀古》：

名利何曾伴汝身，无端被诏出凡尘。

牵连大抵难休绝，莫怨他人嘲笑频。

——此所喻物，皮影之人偶也。

皮影戏，即"影子戏"或"灯影戏"，用灯光照射兽皮或纸板做成的人物剪影，以表演故事的民间戏剧。表演时，艺人在幕后牵线操纵人偶，同时配以打击乐器和弦乐，以娱乐观众者。皮影起源于中国，最早见于汉代，兴盛于宋代，元代传至西亚和欧洲。

此诗所咏不羁名利、无端被诏，乃李白故事以及金陵凤凰台古迹。

待诏，汉官名。汉代以才技征召士人，随时听候皇帝的诏令，谓之待诏，其特别优异者待诏金马门，以备顾问。唐初，置翰林院，凡文辞经学之士及医卜等有专长者，均待诏值日于翰林院，给以粮米，使待诏命，有画待诏、医待诏等。宋、元时，尊称手艺人为待诏。

唐玄宗时，设有待诏官职，称翰林待诏，掌批答四方表疏、文章应制等事。唐玄宗天宝元年（742），李白以文学待诏宫廷，为高力士及李林甫所妒。天宝三年（744），李白不甘为傀儡遂辞官，后游历金陵。

李白多首诗中皆有谈及此事，如"君王虽爱蛾眉好，无奈宫中妒杀人"（《玉壶吟》），"遭逢圣明主，敢进兴亡言。白璧竟何辜，青蝇遂成冤"（《书情赠蔡舍人雄》），"早怀经济策，特受龙颜顾。白玉栖青蝇，君臣忽行路"（《赠溧阳宋少府陟》），"昔献《长杨赋》，天开云雨欢。当时待诏承明里，皆道扬雄才可观。敕赐飞龙二天马，黄金络头白玉鞍。浮云蔽日去不返，总为秋风摧紫兰"（《答杜秀才五松山见赠》），"长安复携手，再顾重千金。君乃辋轩佐，余叨翰墨林。高风摧秀木，虚弹落惊禽"（《赠崔侍御》），"是时仆在金门里，待诏公车谒天子。长揖蒙垂国士恩，壮心剖出酬知己"（《走笔赠独孤驸马》）。

又，薛宝琴此诗之所以题为"钟山怀古"，盖李白辞朝廷待诏后云游东南，天宝五年（746）去金陵，而"钟山"即金陵。此后，数年多在金陵，并在此作名篇《登金陵凤凰台》："凤凰台上凤凰游，凤去台空江自流。吴宫花草埋幽径，晋代衣冠成古丘。三山半落青天外，二水中分白鹭洲。总为浮云能蔽日，长安不见使人愁。"薛宝琴此诗即言李白事迹也。

第四首《淮阴怀古》：

壮士须防恶犬欺，三齐位定盖棺时。

寄言世俗休轻鄙，一饭之恩死也知。

——此所喻物，打狗棒也。

打狗棒，乞丐行乞时所用，盖行乞中有可能遭恶犬攻击，须以棒子防身，所持棍棒曰打狗棒也。

"壮士"，指韩信。"一饭之恩"，喻韩信报答漂母事也。

《史记·淮阴侯列传》："淮阴侯韩信者，淮阴人也。始为布衣时，贫无行，不得推荐为吏，又不能治生商贾，常从人寄食饮，人多厌之者。……信钓于城下，诸母漂，有一漂母见信饥，饭信，竟漂数十日。信喜，谓漂母曰：'吾必有以重报母。'漂母怒曰：'大丈夫不能自食，吾哀王孙而进食，岂望报乎！'……汉五年正月，徙齐王信为楚王，都下邳。信至国，召所从食漂母，赐千金。"

第五首《广陵怀古》：

> 蝉噪鸦栖转眼过，隋堤风景近如何。
>
> 只缘占得风流号，惹得纷纷口舌多。

——此所喻物，柳哨也。

柳哨，系口吹之民间乐器，以柳枝截取为之，抽取木干使之中空，吹之音律悠扬，自古流行于中原。

此诗咏隋炀帝隋堤烟柳故事。

"隋堤"，在汴京（今河南开封）。白居易《隋堤柳》："西至黄河东至淮，绿影一千三百里。大业末年春暮月，柳色如烟絮如雪。"

第六首《桃叶渡怀古》：

> 衰草闲花映浅池，桃枝桃叶总分离。
>
> 六朝梁栋多如许，小照空悬壁上题。

——此所喻物，桃符也。

此诗实际是嘲笑国中无男儿——"六朝空有巨木栋梁万千，不如悬壁桃符两片。""桃符"者，盖古人在辞旧迎新之际，驱鬼镇邪之物也。古俗用桃木片分别写"神荼"（虎神於菟）、"郁垒"（钟馗别号）二神名字，或者用纸画上二神图像，悬挂或张贴于门首，意在祈福灭祸。传说鬼畏桃木，有镇邪作用。

"桃叶渡"，在今南京市秦淮河与青溪合流处，为南京古名胜。张通之《金陵四十八景题咏》之《桃叶临渡》："桃根桃叶皆王妾，此渡名唯桃叶留。同是偏房犹侧重，秦臣无怪一穰侯。"

所言"穰侯"，即秦昭王重臣魏冉，晚年死于陶（谐音"桃"）邑（今定陶）。张诗与薛宝琴此诗有异曲同工之妙。诗句中之"桃叶""桃根"乃姊妹，皆乃东晋王献之小妾。王献之最爱者桃叶，常在此渡迎接之，"桃叶古渡"由此得名。传王献之作有《桃叶歌三首》：

> 桃叶复桃叶，桃树连桃根。
> 相怜两乐事，独使我殷勤。
>
> 桃叶复桃叶，渡江不用楫。
> 但渡无所苦，我自迎接汝。
>
> 桃叶复桃叶，渡江不待橹。
> 风波了无常，没命江南渡。

此歌据《乐府诗集》引《古今乐寻》，为乐府吴声流韵，至南朝陈时犹"盛歌"之。据说，《桃叶歌》曲目保存在明乐的乐曲之中，至今日本保存的明清乐中还有这首古曲。

第七首《青冢怀古》：

黑水茫茫咽不流，冰弦拨尽曲中愁。

汉家制度诚堪叹，樗栎应惭万古羞。

——此所喻物，砚台也。

砚台，紫台。《渊鉴类函》记名砚有紫石砚。杜甫《咏怀古迹·其三》："一去紫台连朔漠，独留青冢向黄昏。""紫台"，典出南朝江淹《恨赋》："明妃去时，仰天太息。紫台稍远，关山无极。望君王兮何期，终芜绝兮异域。"盖紫台者，本谓帝都也。此诗则以砚台暗喻紫台。

"黑水"，墨汁。"冰弦"，隐喻为素笔也。"拨尽曲中愁"，隐喻以书写为咏歌也。

此诗隐喻颇深——所谓象征主义也，紫台黑水，素弦愁歌，汉家惭愧，无才羞人。

末句诗意谓汉家和亲制度荒谬，昭君纵有桃李之姿，但天下男人皆为无能之"樗栎"也。唐欧阳詹《寓兴》诗："桃李有奇质，樗栎无妙姿。"盖与此句同意。

古以"樗栎"喻才能低下，典出《庄子·逍遥游》："吾有大树，人谓之樗，其大木臃肿而不中绳墨，其小枝卷曲而不中规矩，立之涂，匠者不顾。"又《庄子·人间世》："匠石之齐，至于曲辕，见栎树……曰：'散木也，以为舟则沉，以为棺椁则速腐，以为器则速毁，以为门户则液樠，以为柱则蠹。是不材之木也，无所可用。'"此诗亦为讽骂男人之诗。

第八首《马嵬怀古》：

寂寞脂痕渍汗光，温柔一旦付东洋。

只因遗得风流迹，此日衣衾尚有香。

——此所喻物，汗衣或褻衣也。《释名·释衣服》："汗衣，近身受汗垢之衣也。"

"马嵬"，唐长安附近地名，杨贵妃缢死的地方。《旧唐书·杨贵妃传》："安禄山叛，潼关失守，从幸至马嵬。禁军大将陈玄礼密启太子诛国忠父子，既而四军不散，曰'贼本尚在'，指贵妃也。帝不获已，与贵妃诀，遂缢死于佛室，时年三十八。"

此诗叹惋贵妃已死，汗衣犹在，徒留美人香。

"东洋"，典出唐白居易《长恨歌》："忽闻海外有仙山，山在虚无缥缈间。"唐李商隐《马嵬二首·其二》：

> 海外徒闻更九州，他生未卜此生休。
>
> 空闻虎旅传宵柝，无复鸡人报晓筹。
>
> 此日六军同驻马，当时七夕笑牵牛。
>
> 如何四纪为天子，不及卢家有莫愁。

唐时，或传说杨贵妃未死，潜逃至海外东洋（日本）；或传说死后魂魄居东洋仙山。

第九首《蒲东寺怀古》：

> 小红骨贱最身轻，私掖偷携强撮成。
>
> 虽被夫人时吊起，已经勾引彼同行。

——此所喻物，红灯笼也。

"私掖"，指灯笼骨架之撮合。"吊起"，双关语，灯笼须提起吊在手中。"勾引彼同行"，指照明引路而行，亦为双关语。

"蒲东寺"，乃唐元稹小说《莺莺传》（一名《会真记》）及元王实甫杂剧《西厢记》中所虚构的佛寺，原名普救寺，因其地在山西蒲郡（今永济）之东，所以又称蒲东寺。在小说《莺莺传》及《西厢记》故事中，张生与崔莺莺在此寺中恋爱。

"小红"，指剧中崔莺莺侍女红娘。其为张生与崔莺莺私通牵线，曾被崔夫人吊起毒打。

第十首《梅花观怀古》：

> 不在梅边在柳边，个中谁拾画婵娟。
>
> 团圆莫忆春香到，一别西风又一年。

——此所喻物，团扇也。

团扇者，入春俱现，入秋则收。

团扇，即"宫扇""纨扇"，圆形有柄之扇。团扇起源颇早，宋代以后多在其上请名家题书画。

古人常以团扇隐喻宫女及怨妇。唐王昌龄《长信愁》："奉帚平明秋殿开，且将团扇共徘徊。"

汉班婕妤《怨歌行》："新裂齐纨素，鲜洁如霜雪。裁为合欢扇，团团似明月。出入君怀袖，动摇微风发。常恐秋节至，凉飚夺炎热。弃捐箧笥中，恩情中道绝。"此诗正用其意。

此诗题"梅花观"，乃咏明代杂剧《牡丹亭》描写的杜丽娘故事。

"梅花观"，别名纯阳宫，在浙江湖州，道教名观。晋末文士何楷、南朝名士陆静修及后来的仙人吕洞宾皆曾修道于此。此观，元代称"云巢"，清中叶改题"古梅花观"。据明汤显祖《牡丹亭》载，传说杜丽娘死后葬于梅花观后梅树之下，有文士柳梦梅旅居该观，与丽娘鬼魂相聚，并受托将她躯体救活还魂，后二人结为夫妻。

"不在梅边在柳边"句，梅开冬季，柳盛夏季，故以梅可喻冬，以柳可喻夏也。

此句化用《牡丹亭》中杜丽娘诗句："近睹分明似俨然，远观自在若飞仙。他年得傍蟾宫客，不在梅边在柳边。"

【附】

《牡丹亭》描写南宋时期南安太守杜宝独生女杜丽娘一日在花园中睡着，与一名年轻书生在梦中相爱，醒后终日寻梦不得，抑郁而终。临终前，杜丽娘将自己的画像封存并埋入梅林牡丹亭旁。三年后，岭南书生柳梦梅赴京赶考，路经梅花观，发现杜丽娘画像。杜丽娘化为鬼魂寻到柳梦梅，并叫他掘坟开棺，遂还阳复活。随后柳梦梅赶考并高中状元，但由于战乱发榜延时，仍为书生的柳梦梅受杜丽娘之托寻找到丈人杜宝。杜宝认定此人胡言乱语，随即将其打入大狱。后得知柳梦梅为新科状元，杜宝才将其放出，但始终不认其为女婿。最终闹到金銮殿之上，后经皇上定夺才得以解决，杜丽娘和柳梦梅二人终成眷属。

《牡丹亭》中佳句（《红楼梦》第二十三回引）：

【皂罗袍】原来姹紫嫣红开遍，似这般都付与断井颓垣。良辰美景奈何天，赏心乐事谁家院。……朝飞暮卷，云霞翠轩；雨丝风片，烟波画船——锦屏人忒看的这韶光贱！（第十出《惊梦》）

【江儿水】这般花花草草由人恋，生生死死随人愿，便酸酸楚楚无人怨。（第十二出《寻梦》）

《牡丹亭》是汤显祖的代表作。明沈德符《顾曲杂言》："《牡丹亭》一出，家传户诵，几令《西厢》减价。"

薛宝琴怀古诗中关于《红楼梦》写作年代的重要资料

薛宝琴"怀古绝句"第十首《梅花观怀古》："不在梅边在柳边，个中谁拾画婵娟。团圆莫忆春香到，一别西风又一年。"

梅花观，在浙江湖州，得名于清嘉庆元年（1796），当时曹雪芹（1715？—1763？）已经去世。

《红楼梦》第五十一回，描述薛宝钗、林黛玉、贾探春及李纨四人探讨薛宝琴"怀古十题"诗：

宝钗说道："前八首都是史鉴上有据的；后二首却无考，我们也不大懂得，不如另作两首为是。"

黛玉忙道："这宝姐姐也忒'胶柱鼓瑟，矫揉造作'了。这两首虽于史鉴上无考，咱们虽不曾看这些外传，不知底里，难道咱们连两本戏也没有见过不成？那三岁的孩子也知道，何况咱们？"

探春便道："这话正是了。"

李纨又道："况且她原是走到这个地方的。这两件事虽无考，古往今来，以讹传讹，好事者竟故意的弄出这古迹来以愚人。"

薛宝琴的"怀古十题"前八首皆为古代、古人之史事，唯第九首《蒲东寺怀古》（蒲东寺，即普救寺，在今山西永济）所咏之"小红"——"红灯笼"乃隐喻明王实甫杂剧《西厢记》中描写的晚唐时期张生、崔莺莺的戏曲故事，第十首《梅花观怀古》乃隐喻明汤显祖杂剧《牡丹亭》中描写的南宋杜丽娘的还魂故事。

《西厢记》《牡丹亭》皆被当时主流看作有伤风化的诲淫之坏书，故《红楼梦》中一向作贤淑女貌的薛宝钗云"此二首却无考，我们也不大懂得"，希望薛宝琴弃之而重作。

但是，真性情而快人快语的林黛玉因此讥讽薛宝钗："这宝姐姐也忒'胶柱鼓瑟，矫揉造作'了。这两首虽于史鉴上无考，咱们虽不曾看这些外传，不知底里，难道咱们连两本戏也没有见过不成？那三岁的孩子也知道，何况咱们？"

李纨则说了两句重要的话，云："这两件事虽无考，古往今来，以讹传讹，好事者竟故意的弄出这古迹来以愚人。"

薛宝琴"怀古绝句"第十首题目为"梅花观怀古"。清代之梅花观，在浙江湖州，本名纯阳宫。"纯阳"者，为八仙之一的吕洞宾之号。纯阳宫，因供奉吕洞宾而得名，故又名吕祖庙。

浙江纯阳宫坐落在湖州城南金盖山（晋何楷曾隐居此地，故此山别名"何山"）之"桐凤（云巢）坞"，是道教全真教龙门派在江南的活动中心。传说宋真宗天禧年间（1017—1021）有高士梅子春居云巢，在东侧遍植梅树，名为"梅坞"，亦曰太湖边之"梅花岛"。元代称"云巢"，清嘉庆时改名"古梅花观"。自宋至清，历代文人雅士来此读书、隐居者众。

清嘉庆元年（1796），乌程（今浙江湖州）人闵苕敷（教名一得，字补之）拜全真门十代祖高东篱为师，至金盖山而重修纯阳宫。修观时，附会《牡丹亭》故事中之"梅花观"，而将该观名别题曰"古梅花观"。又因南朝名士陆静修曾于此结庐修习，故尊陆修静为该观的开山祖师。梅花观有建筑物一百三十七间，遂成为当时浙江最大的道观。

明汤显祖《牡丹亭》与梅花观有关的唱词在第二十二出《旅寄》：

【捣练子】〔生伞、袂、病容上〕人出路，鸟离巢。〔内风声介〕搅天风雪梦牢骚。这几日精神寒冻倒。"香山嶴里打包来，三水船儿到岸开。要寄乡心值寒岁，岭南南上半枝梅。"我柳梦梅，秋风拜别中郎，因循亲友辞饯。离船过岭，早是暮冬。不提防岭北风严，感了寒疾，又无扫兴而回之理。一天风雪，望见南安。好苦也！

…………

【步步娇】……〔末〕请问何方至此？

【风入松】〔生〕五羊城一叶过南韶，柳梦梅来献宝。

〔末〕有何宝货？

〔生〕我孤身取试长安道，犯严寒少衾单病了。没揣的逗着断桥溪道，险跌折柳郎腰。

〔末〕你自揣高中的，方可去受这等辛苦。

〔生〕不瞒说，小生是个擎天柱，架海梁。

〔末笑介〕却怎生冻折了擎天柱，扑倒了紫金梁？这也罢了，老夫颇谙医理。边近有梅花观，权将息度岁而行。

【前腔】〔末〕尾生般抱柱正题桥，做倒地文星佳兆。论草包似俺堪调药，暂将息梅花观好。

〔生〕此去多远？

〔末指介〕看一树雪垂垂如笑，墙直上绣幡飘。

〔生〕这等望先生引进。

此段对白中提到岭南、五羊城（今属广东广州）和南安（今福建泉州），由此可见《牡丹亭》中的梅花观应在广东南岭附近，当指大庾岭（亦称"梅岭"，中国南部"五岭"之一，位于江西、广东交界处，为南岭的组成部分。原古道上有雄关，谓之"梅关"。梅关现尚存古驿道，道旁多梅树，故称"梅岭"）。古代，此岭上也曾经有梅花观，但并非浙江湖州的梅花观也。

嘉庆初年，闵道人重建湖州纯阳宫时附会当时非常走红的杂剧《牡丹亭》，乃又命名湖州纯阳宫为"古梅花观"。

所以，李纨说这两件戏剧中描写的古事本来"虽无考"，然而"古往今来，以讹传讹，好事者竟故意弄出这古迹来愚人"——其所指，即当时所听闻的闵道人（若敷）题湖州梅花观以附会《牡丹亭》的事。同时，李纨还说见多识广的薛宝琴曾到过那里——"况且她原是走到这个地方的"。

然而，若如此则《红楼梦》前八十回的写作时间就不是胡适所认为的乾隆时代，而应当是在嘉庆初年。同时，说者皆谓曹雪芹死于乾隆二十八年（1763），则此时湖州梅花观尚未重建。

那么，胡适《红楼梦考证》据以立论的另一证据——据说他购置于上海的乾隆甲戌本，其真正抄写年代大可以存疑矣！

另，今存"甲戌本"被红学界认定为《石头记》甲戌年底本的过录本，其底本的成书年代为乾隆十九年甲戌（1754）。但此前有人疑之，认为胡适据以命名的"甲戌"仅为孤证，或是抄胥手误。

以干支纪年命名脂砚斋本肇始于胡适，后来被广泛接受与使用。至于"甲戌本"的成书年代，20世纪60年代时学者吴世昌根据该书"庚辰本"上署年为"壬午""乙酉""丁亥"及自署为"甲午"的批语，曾经撰文认为此书的成书年代很迟，当为甲午年（1772）以后。

《红楼梦》作者不是曹雪芹

中国古代长篇小说有五大名著，即《三国演义》《水浒传》《西游记》《红楼梦》《金瓶梅》。其原多不著作者，因此作者皆难明，而现在所署名的罗贯中、施耐庵、吴承恩、曹雪芹等都是后世追署的。不过，因其一无手稿，二无实证，大多疑似为真，不免以讹传讹。

目前，普遍说法据明代传闻认为《三国演义》作者系罗贯中（名罗本），也有一些说法认为《三国演义》是元末罗贯中和他的老师施耐庵合著，但近人多有质疑。例如，《三国演义》嘉靖壬午本卷二十一"孔明秋风五丈原"一节中，列有历代十几位名人文士赞颂诸葛亮的诗文，最后一首是"后尹直赞孔明"的诗。尹直（1431—1511），明景泰五年（1454）进士，他出生的那年罗贯中（1330？—1400？）已去世三十一年了。

近年，学者张志和在中国国家图书馆见到明代插图孤本黄正甫刊二十卷《三国演义》，该版本封面、序言、目录、君臣附录是明天启三年（1623）补订，而正文部分则是目前所见最早旧版本。此书让原来的"嘉靖本为《三国演义》最早刻本"之说失去依据，而该书未著作者。

明代流传的《西游记》，各种版本都没有署名。清汪象旭在所撰《西游证道大奇书》中提出，《西游记》为南宋时的丘处机所著。这一看法提出后，清人大多赞同。清纪昀始疑此说，谓小说官制皆明制，写作时代当为明代，不可能是南宋人丘处机。清钱大昕认为，《西游记》中多处描写明朝的风土人情，而丘处机是南宋末人；此外《西游记》中多处使用江苏淮安方言，而丘处机生平在华北活动，并未在淮安居住过。另，也有明清道士、文人认为《西游记》

是道士炼丹之书。明末以来，方认为吴承恩是小说《西游记》的作者，皆系传疑之说耳。

但《红楼梦》的写作时代并没有太大的问题，作于清代初中叶的盛世时期。作者到底是谁呢？流行的说法来自胡适的考证，认为是曹雪芹（前八十回），但这种说法实不足信。

《红楼梦》——程伟元乾隆五十六年（1791）刻本的序文中明确说过："《红楼梦》小说本名'石头记'，作者相传不一，究未知出自何人，惟书内记雪芹曹先生删改数过。"

从目前研究结果来看，《红楼梦》从开始流传时起就未曾说曹雪芹为《红楼梦》前八十回的作者，而至多是一位"删改"加工者。应该说，《红楼梦》的真实作者与其他四大名著的作者一样悬疑未明。但是，经过胡适的一番考证后，竟形成了《红楼梦》作者就是"曹雪芹"的说法。

《红楼梦》作者是"曹雪芹"这个说法，是胡适在《红楼梦考证》中提出的。细读胡适的这部《红楼梦考证》发现，其实胡适的全部立论都建立在清人袁枚《随园诗话》中一条为"曹栋亭康熙中为江宁织造，其子雪芹撰《红楼梦》一书，备极风月繁华之盛"上，基础甚为薄弱。

在胡适的《红楼梦考证》中，他先驳斥了"索隐派"的说法，即王梦阮的"清世祖与董鄂妃"说，蔡元培的"清康熙朝的政治小说"说，清人笔记的纳兰性德（原名成德，字容若）为作者说。胡适反驳了以上三说，提出了《红楼梦》是曹雪芹家族自传的新说。

其实，认为《红楼梦》为清代贵族家族自传的说法久已有之，但非指曹氏家族而已。胡适《红楼梦考证》引以下资料指出清人多认为《红楼梦》乃清宗室贵族公子纳兰性德的家族自述：

"陈康祺的《郎潜纪闻二笔》（《燕下乡脞录》）卷五说：先师徐柳泉先生云：'小说《红楼梦》一书即记故相明珠家事。金钗十二，皆纳兰侍卫所奉为上客者也。宝钗影高澹人，妙玉即影西溟（姜宸英）。……'徐先生言之甚详，惜余不尽记忆。"

又引清末俞樾《小浮梅闲话》（《曲园杂纂》三十八）说：

"《红楼梦》一书，世传为明珠之子而作。……明珠子名成德，字容若。《通志堂经解》每一种有纳兰成德容若序，即其人也。恭读乾隆五十一年二月二十九日上谕：'成德于康熙十一年壬子科中式举人，十二年癸丑科中式进士，年甫十六岁。'"

又引钱静方《红楼梦考》也认为《红楼梦》是纳兰公子自述：

"是书力写宝黛痴情。黛玉不知所指何人，宝玉固全书之主人翁，即纳兰侍御容若也。使侍御而非深于情者，则焉得有此倩影？余读《饮水词钞》，不独于宾从间得（近）合之欢，而尤于闺房内致缠绵之意。即黛玉葬花一段，亦从其词中脱卸而出。是黛玉虽影他人，亦实影侍御之德配也。"

纳兰性德，生于清顺治十一年（1655），卒于康熙二十四年（1685）。权相明珠之子，乃著名贵胄公子，隶属满洲正黄旗。

纳兰性德，本名成德，因避康熙太子保成讳改名"性德"，字容若，号楞伽山人。工诗词，好禅学，归心佛事。其词《木兰花·拟古决绝词柬友》中有"人生若只如初见，何事秋风悲画扇。等闲变却故人心，却道故心人易变"句，最为有名。

纳兰性德生于腊月，小名"冬郎"。母亲爱新觉罗氏，乃阿济格之女；父亲纳兰明珠历任清宫内务府总管、刑部尚书、兵部尚书、武英殿大学士、太子太傅等。纳兰性德早慧晚成，十七岁方进太学，十八岁中举人，十九岁会试中试，因疾未应殿试。二十二岁（康熙十五年，1676年）补殿试，中二甲第七名，赐进士出身。

纳兰性德善骑射，好读书，经史百家无所不窥。夏承焘《词人纳兰容若手简·前言》称："他是满族中一位最早笃好汉文学而卓有成绩的文人。"纳兰性德生于钟鸣鼎食之家，少时以皇室亲戚故得出入宫廷，颇为康熙皇帝所爱重，以至"殿陛益密迩，天子左右人以为贵近臣无如容若者"（《通志堂集》卷十九附录），然天性孤僻，仕途并不顺利。其诗词境界凄清哀婉，多幽怨之情。

纳兰性德初授三等侍卫职，后晋升为一等侍卫，曾多次随康熙出巡，并奉旨出使梭龙（索伦）考察中俄边界情况。但纳兰性德并无权力实职，不堪"补天"大任。康熙二十四年（1685）五月三十日因病早逝，年仅三十岁。死后葬于京西皂甲屯（今北京海淀区上庄皂甲屯）纳兰祖坟，《清史稿》有传。

纳兰性德十九岁时娶两广总督卢兴祖之女为妻，夫妻十分恩爱。卢氏因难产而去世，纳兰性德为她写下了许多感人至深的悼亡词。后续娶官氏为继室，两人感情也不错。除妻子外，纳兰性德还别有红粉知己——南方汉家才女沈婉，与纳兰以诗词唱和。纳兰性德善诗词散曲，多有佳作，如《长相思》："山一程，水一程，身向榆关那边行，夜深千帐灯。风一更，雪一更，聒碎乡心梦不成，故园无此声。"

纳兰性德二十四岁时将自己的词曲自选成集，名为《侧帽词》。康熙十七年（1678），又委托顾贞观在吴中刊成《饮水词》，取自宋岳珂《桯史·记龙眠海会图》："至于有法无法，有相无相，如鱼饮水，冷暖自知。"后有人将两部词集拾遗补阙，共三百四十二首，编为《纳兰词》（道光十二年汪元治结铁纲齐本和光绪六年许增榆园本）。纳兰性德以词闻名，今存词共三百四十八首。

清顾贞观《通志常词序》："纳兰容若天资超逸，悠然尘外，所为乐府小令，婉丽凄清，使读者哀乐不知所主，如听中宵梵叹，先凄婉而后喜悦。"

王国维《人间词话》："纳兰容若以自然之眼观物，以自然之舌言情，此由初入中原，未染汉人风气，故能真切如此。北宋以来，一人而已！"

甲戌本《红楼梦》中自述作者是"空空道人"，清俞樾等以为作者之"空空道人"即纳兰性德，《红楼梦》小说则出自纳兰家事之自传。可见，纳兰自传说并非无稽之谈，但此说乃被胡适斥为附会。胡适以《红楼梦》中第一回中记曹雪芹"增删五次，纂成目录，分出章回"和第一百二十回又提起传授此书的缘由，谓"达根石头与空空道人等名目都是曹雪芹假托的缘起，故当时的人多认为这书是曹雪芹作的"，并以清袁枚的一条笔记确立了曹氏自传说。

引袁枚《随园诗话》卷二中一条说：

> "康熙间，曹练亭（"练"当作"楝"）为江宁织造，每出拥八骑，携书一本，观玩不辍。人问：'公何好学？'曰：'非也。我非地方官而百姓见我必起立，我心不安，故藉此遮目耳。'素与江宁太守陈鹏年不相中，及陈获罪，乃密疏荐陈。人以此重之。其子雪芹撰《红楼梦》一书，备记风月繁华之盛。中有所谓大观园者，即余之随园也。"

袁枚乃乾隆时文人，以诗文笔记著称。唯胡适所引这条笔记中，袁枚将"曹楝亭"的名字写错作"练亭"，将曹雪芹写成曹楝亭的儿子——实际曹雪芹是曹楝亭的孙子。仅短短数百字即出现两处明显讹误，表明袁枚所记述并非严谨之词。至于袁枚文中说《红楼梦》书中描写之大观园就是其小家之随园，则更有托大吹嘘之嫌。

但正是凭借袁枚这则不能看作"信史"的孤证笔记，胡适则据以作为建立"《红楼梦》系曹雪芹自传说"的基本证据，然后以曹氏家族事和《红楼梦》的贾府家事进行比较，提出一些相似点，主观假设，大胆求证，以落实其"《红楼梦》乃曹雪芹写曹府兴亡之自述"的说法。

其实，关于《红楼梦》之作者，《红楼梦》本身有明确交代。甲戌本《红楼梦》第一回云：

空空道人听如此说，思忖半晌，将《石头记》【甲戌侧批：本名。】再检阅一遍，【甲戌侧批：这空空道人也太小心了，想亦世之一腐儒耳。】因见上面虽有些指奸责佞贬恶诛邪之语，【甲戌侧批：亦断不可少。】亦非伤时骂世之旨，【甲戌侧批：要紧句。】及至君仁臣良父慈子孝，凡伦常所关之处，皆是称功颂德，眷眷无穷，实非别书之可比。虽其中大旨谈情，亦不过实录其事，又非假拟妄称，【甲戌侧批：要紧句。】一味淫邀艳约、私订偷盟之可比。因毫不干涉时世，【甲戌侧批：要紧句。】方从头至尾抄录回来，问世传奇。

从此，空空道人因空见色，由色生情，传情入色，自色悟空，遂易名为情僧，改《石头记》为《情僧录》。至吴玉峰题曰《红楼梦》。东鲁孔梅溪则题曰《风月宝鉴》。【甲戌眉批：雪芹旧有《风月宝鉴》之书，乃其弟棠村序也。今棠村已逝，余睹新怀旧，故仍因之。】后因曹雪芹于悼红轩中披阅十载，增删五次，纂成目录，分出章回，则题曰《金陵十二钗》。【甲戌眉批：若云雪芹披阅增删，然则开卷至此这一篇楔子又系谁撰？足见作者之式猾之甚。后文如此者不少。这正是作者用画烟云模糊处，观者万不可被作者瞒蔽了去，方是巨眼。】

这里，甲戌本批注提到与《红楼梦》成书有关的共五个人——空空道人原著，初名《石头记》，后改名《情僧录》；吴玉峰题名《红楼梦》；孔梅溪题名《风月宝鉴》；曹雪芹增删改编，并题名《金陵十二钗》；曹棠村写序。可见，曹雪芹只是在成书基础上"增删五次，纂成目录，分出章回，题曰《金陵十二钗》"。对此，今论者就此只认为曹雪芹是作者，但从《红楼梦》甲戌本批注来看，皆不足以完全可信，证据亦不够充分。

尽信书则不如无书，尽不信书则也不如无书。实际上，《红楼梦》的作者问题——无论是传闻中的纳兰性德或是曹雪芹，目前有力证据都不足。

至于《红楼梦》的作者究竟是谁，我们倒不如相信原书的自述——作者就是那位莫须有的"空空道人"也。

谈诗论美

论诗美

诗歌之美，古今共谈。然而，正如宋严羽所说，诗美如"水中之月，镜中之象"，"透彻玲珑，不可凑泊"。（《沧浪诗话·诗辨》）知其美者多，而知其所以美者少。

近世诗论家冯振曾说："文学之事，约分二道，曰能，曰知。沈约云：'自灵均以来，此秘未睹。皆暗与理合，匪由思至。'是能者未必知也。钟嵘评诗尽工，而所作不传，谅无佳构。是知者未必能也。知而不能，于工文何与？能而不知，抑何损焉？大匠能示人以规矩，而不能使人巧。巧，能者之事也。示人以规矩，则知者之事也。虽不能使人巧，示之以规矩，不犹愈于已乎？"（《七言绝句作法举隅·自叙》）

在本文中，我们想对诗歌语言所特有的艺术审美规律试作几点分析和讨论。

一、诗歌语言的艺术特点

人们常说，诗是语言的艺术。

这种说法虽不错，但并未指出诗歌语言作为艺术语言的根本特征何在。

实际上，诗歌语言具有两大特点：

（1）它是一种形象语言。

（2）它是一种讲究音韵声律，具有音乐美感的语言。

第一个特点乃是一切文学语言（如小说、文学散文等）所共有的，第二个特点则是诗歌语言所独有的。

这里想指出传统语言理论一直未指出的一个事实，即：人类的语言系统，在质态结构上可划分为不同的两大类型，这就是——

（1）描写性的摹状语言，亦称"形象语言"。

（2）推证性的逻辑语言，亦称"抽象语言"。

试比较以下几组文句：

（1）"炉火照天地，红星乱紫烟。"（李白《秋浦歌》）

（2）"高峰入云，清流见底。"（陶弘景《答谢中书书》）

（3）"群山浮动于浅蓝色的薄雾中，月光在湖水上撒开一道金红色的波纹。夜空中飘来藤罗花的芳香，晶莹的星星在闪烁。"（罗曼·罗兰《给友人的信》）

（4）"修身者，智之符也。爱施者，仁之端也。取予者，义之表也。耻辱者，勇之决也。立名者，行之极也。士有此五者，然后可以托于世而列于君子之林矣。"（司马迁《报任安书》）

（5）"阿基米德公理：如果 X 和 Y 都是实数，而且 X 为正，则存在一个自然数 M，使得 $MX < Y$。"（R. 科朗、F. 约翰《微积分和数学引论》）

（6）$Px \neg PS \in S$。

显然，这几组文句不仅内容不同，而且在形式上也代表着不同的语言类型。

（1）（2）（3）的表述方法是描摹、模拟。它们好像两幅用文字绘成的图画，只要你一闭目，其景色就可以呈现在脑海的想象中。

（4）（5）（6）的表述方法则是抽象推论。它们不能给人以生动具体的形象画面感。虽然能理解其意义，却无法在想象中描绘、刻画出它的图像。

这种区别，也就是摹状语言与逻辑语言的区别。在人类使用的日常语言中，这两种不同的语言类型常常是混杂的。其实，它们不仅表述方式不同，而且语言结构也有所不同。摹状语言是一种模糊语言，它在逻辑和语法上不仅允许不精确，甚至以不精确为优点。逻辑语言却是一种精密语言，它在逻辑和语法上都要求高度的准确性。文学艺术语言的基本形式是摹状语言，而科学理论语言的基本形式是逻辑语言。

二、诗语是不精确的摹状语言

语言之所以会形成这两种不同的类型，是因为语词具有矛盾的性质。一切语词，在语言中都担负着四种不同的功能：

（1）语词是语音符号，它表示一种读音。例如，"海"这个语词，它的音读 hǎi。

（2）语词是概念符号，它表示某种抽象（一般）性的含义。例如，"海"这个语词，作为概念，它有自己的抽象定义和内涵。

（3）语词又是形象符号，它可以象征一种事物的形象。例如，"海"这个语词，可以使你在想象中描绘出碧波无垠的海的意象。

（4）语词也是感情符号，它表征着一种感情信息——或爱（褒义词），或憎（贬义词），或非爱非憎（中性词）。

诗歌语言，正是借助于语词的（1）（3）（4）这三种功能，即借助于语词的音律感、形象感、表情性而构制的语言艺术品。诗语是典型的摹状（形象）语言。诗语忌抽象，并且与概念和逻辑无关。诗语所描摹之形象，既包括主观意象（人的感情、心灵、意象），也包括宏观之意象——诗人所感受的外部世界。

歌德曾把诗歌类比于绘画，他说："造型艺术对眼睛提出形象，诗却对想象力提出形象。"（《诗与美》）

达·芬奇曾说："诗是说话的画，画是沉默的诗。"（《笔记》）

正如在绘画时用色彩和线条勾勒事物的形象一样，我们在诗歌中用文字和语词写照形象。请看：

"明月照积雪，朔风劲且哀。"（谢灵运《岁暮》）
"大漠孤烟直，长河落日圆。"（王维《使至塞上》）
"落花人独立，微雨燕双飞。"（晏几道《临江仙》）
"细雨鱼儿出，微风燕子斜。"（杜甫《水槛遣心二首》）

吟读着这些诗句，诗中的景色似乎可以图画般地再现于人的想象中。
再看马致远这首著名的散曲小令《天净沙·秋思》：

枯藤老树昏鸦，
小桥流水人家，
古道西风瘦马。
夕阳西下，
断肠人在天涯。

其基本元素由十几个语词组构，但这些语词不是作为抽象的一般性概念，而是十几种有色彩、有形象的事物代号，可以在人的想象中拼合成一幅栩栩如生的图画。

三、"境界"、"意象"与"意境"

好诗贵在"境界"。王国维说："有境界则自成高格，自有名句。"（《人间词话》）

"境界"一词，本是佛家语。《俱舍论颂疏》："功能所托，名为境界，如眼能见色，识能了色，称色为境界。"

盖诗家所论之"境界"大体有二义：一曰"意象"，一曰"意境"。

佛家所谓"境界"者，即"色相"——现象界也。哲学中所说之"现象"，美学家谓之曰"形象"，诗家则谓之"意象"。

"意象"者，意识中之景象也。"意境"者，意象所内涵之纵深意义也。

王国维说："境非独谓景物也。喜怒哀乐，亦人心中之一境界。故能写真景物、真感情者，谓之有境界，否则谓之无境界。"（《人间词话》）

这里可注意者，是王氏指出境界有二：一所谓"真景物"，一所谓"真感情"。

诗不仅可用语词写照描摹客体的现象（"真景物"），而且可写照描摹主体的意象（"真感情"）。例如：

"对酒当歌，人生几何，譬如朝露，去日苦多。"（曹操《短歌行》）

"问君能有几多愁，恰似一江春水向东流。"（李煜《虞美人》）

"执手相看泪眼，竟无语凝噎。"（柳永《雨霖铃》）

"白发三千丈，缘愁似个长。不知明镜里，何处得秋霜。"（李白《秋浦歌》）

它们都是古人摹写主观感情而成意象且深邃而有意境的名句。

四、诗语的荒谬性

语词在诗歌语言中的这种可以描摹、表征形象的特点，使诗歌语言结构可以超越语法和逻辑的约束。

判断抽象语言的尺度是语法和逻辑，但判断形象语言的尺度与"正确性"无关，只要生动和优美即可。在诗语中，为了达到生动和优美的目的，可以破坏语言的逻辑结构，甚至可以破坏语法。

在好诗中，此类范例甚多。例如，宋晏几道的《清商怨·庭花香信尚浅》：

"要问相思，天涯犹自短。"

"相思"，是无形体的感情；"天涯"，是有广延的空间。以无形者与有形者作比长短，在逻辑上岂非悖理？

宋张孝祥《西江月·黄陵庙》：

"满载一船明月，平铺千里秋江。"

诗语气甚豪迈，但此语于常理则颇荒谬。"驾船搭载着一船月亮，划桨铺平了千里长江。"月焉能载得，秋江岂能铺平？这种话语，若非作为诗句而出现在日常语言中，必被看作疯话和大话！作为诗语，却不会有人质疑其荒谬，反而觉得意境颇为美丽、壮观。

又如南朝梁王籍《入若耶溪》中的名句：

"蝉噪林愈静，鸟鸣山更幽。"

"有蝉叫反而林子更安静，有鸟声吵闹反而比无鸟声安静。"这在逻辑上岂非荒唐？

唐王建《江陵即事》：

"寺多红叶烧人眼，地足青苔染马蹄。"

"红叶"非火，如何能"燃烧"人眼？

唐贾岛《客思》：

"促织声声尖如针，更深刺着旅人心。"

"促织声"是声音，声音无象，怎能"尖如针"？

清陈田《明诗纪事》卷二十二中有明人诗：

"雨过柳头云气湿，风来花底鸟声香。"

鸟声，安能"香"？

又如明李世熊《剑浦陆发次林守一》：

"月凉梦破鸡声白，枫霁烟醒鸟话红。"

月岂能"凉"，梦岂能"破"，鸡声岂能"白"，鸟话岂能"红"呢？若只从形式逻辑的角度看，上述诗句都是不合逻辑的。

但诗美不存在于理智的逻辑分析中，而存在于形象的想象与感情的共鸣中。

如果不懂这一点，就会闹出笑话。明李渔（号笠翁）曾指责宋人宋祁《玉楼春》中"红杏枝头春意闹"这句诗：

"此语殊难解。争斗有声谓之'闹'，红杏能'闹'，余实未之见也。'闹'字可用，则'吵'，则'斗'，则'打'字当皆可用矣。"（李渔《笠翁余集》卷八）

这正是以逻辑、理智来分析诗的一个典型事例。

其实,"闹"字在这句诗中不是作为一个概念,因而已经失去了它的原有内涵;"闹"字在此也不是一个动词,而是被诗人仅仅作为一个描写情状与形象的形容词、状态词来使用的。"闹"者,红火也。"春意闹",正是描摹一种火红、热烈、喧腾的景象。

打闹的场面是热烈而喧腾的,诗人所借用的正是"闹"字所表征的这种气氛和形象,以形容开得红扑扑、热腾腾的杏花。这个"闹"字用得十分精彩,若换作其他词,则诗句立即索然无味矣。若如李渔言,改为"红杏枝头春意'吵'"或"红杏枝头春意'打'",则诗句味道全无,顿然面目荒谬可憎矣。所以,王国维说:"唯着一'闹'字,则境界方全出矣。"(《人间词话》)

五、诗语解构语法

诗语不仅破坏逻辑,而且也解构了通常的语法规律。例如:

> "竹怜新雨后,山爱夕阳时。"(钱起《谷口书斋寄杨补阙》)
> "香稻啄余鹦鹉粒,碧梧栖老凤凰枝。"(杜甫《秋兴八首》)
> "永忆江湖归白发,欲回天地入扁舟。"(李商隐《安定城楼》)

在这些诗句中,主宾语序往往颠三倒四,从语法观点看则完全讲不通。如果按正常的逻辑改,应当是这样的:

> "新雨后怜竹,夕阳时爱山。"
> "鹦鹉啄余香稻粒,凤凰栖老碧梧枝。"
> "永忆江湖白发归,欲回扁舟入天地。"

若这样改动，虽在语法上较合于规范，但在诗味上则黯然失色了。因为，这些诗句之出奇和耐人寻味，恰在它们对正常语序的颠倒错置中。宋严羽《沧浪诗话》："诗有别趣，非关理也。"清方中通《陪集》卷四："诗语自有理外之理。"

由此可见，忽视语词的抽象表意功能，而突出语词的具象摹形及象征功能，正是诗歌语言的重大特点。

六、不"疯狂"必无好诗

德国诗人席勒说："古代诗人打动我们的是自然，是感觉的真实，是活生生的当前现实，而现代人却试图通过抽象观念的媒介打动我们。"（《西方文论选》）

诗歌之语不必推理、不必解释、不必议论——这都是抽象语言的事。诗语的任务是描写，是表现，是叙述与倾诉。

最重要的是，要让一个形象接着一个形象，一幅画面接着一幅画面，一种激情接着一种激情；一切空间与时间，现实与幻想，此岸与彼岸，对于诗都可以存在。诗的想象可以打破它们的界限，而且应该打破！

古今中外最好的诗人，其实都是最大的梦想家、幻游者，甚至是世俗所谓的"疯子"。不"疯狂"必无好诗，唯发幻想方可以激发诗情，唯生梦境方可以创造诗境。

唐李白《梁甫吟》：

> 君不见，高阳酒徒起草中，长揖山东隆准公。
>
> 入门不拜骋雄辩，两女辍洗来趋风。
>
> 东下齐城七十二，指麾楚汉如旋蓬。

狂客落魄尚如此，何况壮士当群雄！

我欲攀龙见明主，雷公砰訇震天鼓。

帝旁投壶多玉女，三时大笑生电光，倏烁晦冥起风雨。

阊阖九门不可通，以额叩关阍者怒。

白日不照我精诚，杞国无事忧天倾。

什么"雷公砰訇震天鼓""帝旁投壶多玉女"，什么"以额叩关阍者怒""白日不照我精诚"——试看这是何等"疯狂"的想象？

再看屈原《离骚》中的诗句：

朝发轫于苍梧兮，夕余至乎悬圃。

欲少留此灵琐兮，日忽忽其将暮。

吾令羲和弭节兮，望崦嵫其勿迫。

路曼曼其修远兮，吾将上下而求索。

这些诗句中的描写也绝非现实，而只是诗人自己对理想境界的一种描摹。但读这些诗句时，我们无不感受到心灵的震撼与颤动。

七、诗的声律美

白居易说："诗者，华声。"[1] 闻一多说："声律是诗之花朵。"这很好地道出了诗歌的又一特点，即具有声律音韵的美。实际上，所谓诗歌，可以说就是一种具有音乐美的艺术语言。

---

[1] 白居易《与元九书》："诗者，根情，苗言，华声，实义。"

请看唐王建《宫中调笑》：

> 团扇、团扇，美人病来遮面。
> 玉颜憔悴三年，无复商量管弦。
> 弦管、弦管，春草昭阳路断。

元马致远《汉宫秋·第三折》：

> 【梅花酒】返咸阳，过宫墙；过宫墙，绕回廊；绕回廊，进椒房；进椒房，月昏黄；月昏黄，夜生凉；夜生凉，泣寒蛩；泣寒蛩，绿纱窗；绿纱窗，不思量？
>
> 【收江南】呀！不思量，除是铁心肠；铁心肠，也愁泪滴千行。

唐无名氏《无题》诗①：

> 君生我未生，我生君已老。
> 君恨我生迟，我恨君生早。

这些诗句的音律在整齐之中见参差，于和谐之中见变化。在词语的回旋反复、抑扬顿挫之间，诗人创造了一种音乐般的旋律与节奏，给人以优美的听觉享受。

再看民间流传的绕口令，也有相似的音乐效果：

---

① 唐代无名氏作品，为铜官窑瓷器题诗，1974—1978 年间出土于湖南长沙铜官窑窑址。参见陈尚君辑校：《全唐诗补编·续拾》卷五十六，中华书局，1992 年，第 1642 页。

南边来了个喇嘛，手里提拉着五斤鳎目。

北边来了个哑巴，腰里别着个喇叭。

南边提拉着鳎目的喇嘛，要拿鳎目换北边别喇叭的哑巴的喇叭。

哑巴不愿意拿喇叭换喇嘛提拉的鳎目，喇嘛非要拿鳎目换别喇叭的哑巴的喇叭。

喇嘛抡起鳎目抽了别喇叭的哑巴一鳎目，哑巴摘下喇叭打了提拉鳎目的喇嘛一喇叭。

也不知是提拉鳎目的喇嘛抽了别喇叭的哑巴一鳎目，还是别喇叭的哑巴打了提拉鳎目的喇嘛一喇叭。

只知道，喇嘛炖鳎目，哑巴嘀嘀嗒嗒吹喇叭。

王国维说："一切之美，皆形式之美也。就美之自身言之，则一切优美皆存于形式之对称变化及调和。"（《古雅之在美学上之位置》）[①]

这一观点，过去曾被批评为"形式主义"。但如果这是形式主义的话，那么可以说形式主义乃是一切艺术审美的基本要素。若无形式之美，则无艺术之美。

形式美虽然不是艺术美之最高形态，却是一切艺术美所必具的基本形态。许多古典诗歌及民间歌谣之所以美，并非完全因为它们的内容，而正是因为它们具有优美的声律和修辞形式。

八、诗体之演化

诗歌的语言形式有自身的演进规律。

王国维尝论古典诗歌发展史说："四言敝而有楚辞，楚辞敝而有五言，五

[①] 参见《王国维文集》（下），中国文史出版社，2007年，第17—19页。

言敝而有七言，古诗敝而有律绝，律绝敝而有词曲。"（《人间词话》）

实际上，一部中国古典诗歌的发展历史，也是古典诗歌的语言形式演进的历史。

古人起初是不懂诗歌的声韵规律之美的，因此远古的诗歌曾是一种没有固定形式的自由体。例如，帝尧时代的《击壤歌》①：

> 日出而作，日入而息，
> 凿井而饮，耕田而食，
> 帝力何有于我哉？

周代的《孺子歌》②：

> 沧浪之水清兮，可以濯我缨。
> 沧浪之水浊兮，可以濯我足。

西周的《采薇歌》③：

> 登彼西山兮，采其薇矣，
> 以暴易暴兮，不知其非矣！
> 神农、虞、夏忽焉没兮，
> 我安适归矣？
> 吁嗟徂兮，命之衰矣！

---

① 《道德经·第十七章》。
② 《孟子·离娄章句下》。
③ 《史记·伯夷列传》。

春秋的《凤歌》①：

> 凤兮凤兮，何德之衰。
>
> 往者不可谏，来者犹可追。
>
> 已而已而，今之从政者殆而！

信口直吟，了无修饰，洒脱自然，除了押韵以外再无格律。

《诗经》创造了中国古典诗歌的第一种规范格式——相当整齐的四言式。例如，《诗经·周南·关雎》：

> 关关雎鸠，在河之洲。
>
> 窈窕淑女，君子好逑。
>
> 参差荇菜，左右流之。
>
> 窈窕淑女，寤寐求之。
>
> 求之不得，寤寐思服。
>
> 悠哉悠哉，辗转反侧。
>
> 参差荇菜，左右采之。
>
> 窈窕淑女，琴瑟友之。
>
> 参差荇菜，左右芼之。
>
> 窈窕淑女，钟鼓乐之。

《诗经·周南·汉广》：

> 南有乔木，不可休思。

---

① 《论语·微子》。

　　汉有游女，不可求思。

　　汉之广矣，不可泳思。

　　江之永矣，不可方思。

《诗经·秦风·蒹葭》：

　　蒹葭苍苍，白露为霜。

　　所谓伊人，在水一方。

　　溯洄从之，道阻且长。

　　溯游从之，宛在水中央。

　　在这类四言诗以及后来的五言乐府诗中，诗人们只是合着经验运用声韵规律，而未能理论地认识之。

　　魏晋以后，随着佛典翻译梵语，音韵学乃自印度传入。南北朝时，周颙发现"四声"，沈约发现"韵律"。从此以后，诗人开始自觉地运用语言的"平仄"声调，以安排一种高低长短相互交错的节奏韵律来寻找语言的音乐美。这是古代诗歌史上一个重大的发明和创举。

　　沈约说："自骚人以来，而此秘未睹。至于高言妙句，音韵天成，皆暗与理合，匪由思至。……夫五色相宣，八音协畅，由乎玄黄律吕，各适物宜。欲使宫羽相变，低昂互节。若前有浮声，则后须切响。一简之内，音韵尽殊；两句之中，轻重悉异。妙达此旨，始可言文。"（《宋书》卷六十七《谢灵运传》）

　　由此可看出，沈约认为诗歌音韵规律的发现是中国诗史上的一次革命。

　　在《诗经》及乐府时代，诗歌的主要功能还是配乐的唱和歌辞，而不是独立可吟诵的真正意义的诗篇。在音韵规律被认识之后，诗歌才出现了被诗人们刻意追求的格律、韵律之美，从而以语言为乐谱在吟诵中找到了一种音乐之美。

汉代以后，借助于语言声律的这种发现，再与当时盛行于骈体文赋中的对称修辞方式相结合，于是在唐代出现了五律、七律等优美的新格律诗。但是，歌辞为曲副的传统也一直保持着。宋词、元曲起初都是配乐而唱的歌辞。词和散曲在字数上长短参差，更加口语化，吸收了民歌的传统。

由上所述可以看出，一部中国古典诗歌的历史乃是诗的艺术形式不断翻新、不断进化的历史。从不谐声律的原始自由体和四言诗、五言诗，到拘泥于声律的五言诗、七言诗，最后发展为形式解放并日趋口语化的词、散曲、民歌，这就是中国诗歌所走过的艺术发展道路。

这个过程，一方面是对旧形式的不断破坏，另一方面是新的更优美的诗歌语言形式也在这种破坏中不断地提炼出来。

九、新体诗的散文化

新体诗在形式上有两个来源：一是翻译诗，二是民歌体。

对于当代诗歌影响最大的诗体实为翻译诗。然而，大部分的译诗在语言形式上都是不美的。

诗歌语言的本性决定，诗歌是一种民族性极强的语言艺术，本质上是不可译的。翻译所能转述的只是其内容，却无法再现语言形式的韵味与格律——在翻译中很难不丢弃原诗所具有的声律美。例如，比较雪莱的这首《悲歌》原作和它的译文：

A Lament	悲　　歌
O world！ O life！ Time！	啊，世界！啊，人生！啊，时间！
On whose last steps I climb,	登上了岁月最后一座山，
Trembling at that where I had stood before,	回顾来程心已碎；

When will return the glory of your prime？	繁华盛景几时再？
No more–oh never more！	啊，不再——永不再！
…………	…………

原诗的节奏感极强，音律是很美的。但在译文中，不仅这种音律美已无存，而且连基本的押韵也难以做到。

正是此类外来的译诗，成为 20 世纪中国新体诗主要的模仿对象。模仿的直接后果，就是新体诗的散文化，而古典诗歌固有的语言艺术特色在新体诗中被丢失了。

十、诗歌是贵族的艺术

诗歌是精神贵族的艺术。诗语贵雅，而不贵俗。古典诗词一向讲究炼字、炼句，也就是说，作诗要像从生铁中提炼精钢一样，从日常语言中提炼出富有诗意的、闪光的语言。

例如，同样表现男女爱情，汉代民歌所唱咏的是：

上邪，我欲与君相知，长命无绝衰。山无棱，江水为竭，冬雷震震，夏雨雪，天地合，乃敢与君绝。（《乐府诗集》卷十六《上邪》）

明代民歌"桂枝儿"则以一种更直白、更感性、更火辣的热情呼喊：

要分离，除非是天做了地；

要分离，除非是东做了西；

要分离，除非是官做了吏。

你要分时分不得我，我要离时离不得你。

死在黄泉也，做不得分离鬼！

然而，宋代诗人吟诵的是：

纤云弄巧，飞星传恨，银汉迢迢暗度。金风玉露一相逢，便胜却人间无数。柔情似水，佳期如梦，忍顾鹊桥归路。两情若是久长时，又岂在朝朝暮暮。（秦观《鹊桥仙》）

念武陵人远，烟锁秦楼。惟有楼前流水，应念我，终日凝眸。凝眸处，从今又添一段新愁。（李清照《凤凰台上忆吹箫》）

花自飘零水自流，一种相思，两处闲愁。此情无计可消除，才下眉头，又上心头。（李清照《一剪梅》）

其所诉皆为意象与间接之物象，并非直接诉说之情爱，然而于委婉中却柔肠百结，细腻婉约。这种情致，在民歌中是很难找到的。

古人留下了很多经典的爱情诗篇，如金元好问词《摸鱼儿·雁丘词》：

问世间，情为何物，直教生死相许。天南地北双飞客，老翅几回寒暑。欢乐趣，离别苦，就中更有痴儿女。君应有语：渺万里层云，千山暮雪，只影向谁去？

横汾路，寂寞当年箫鼓，荒烟依旧平楚。招魂楚些何嗟及，山鬼暗啼风雨。天也妒，未信与，莺儿燕子俱黄土。千秋万古，为留待骚人，狂歌痛饮，来访雁丘处。

又如宋苏轼词《江城子·乙卯正月二十日夜记梦》：

　　十年生死两茫茫，不思量，自难忘。千里孤坟，无处话凄凉。纵使相逢应不识，尘满面，鬓如霜。

　　夜来幽梦忽还乡，小轩窗，正梳妆。相顾无言，惟有泪千行。料得年年肠断处，明月夜，短松冈。

尽管内心充满悲切凄凉，但词语仍幽婉悲沉，尽在"相顾无言"中。

与民歌相比，文人词汇更为丰富，意象更为曲折绵密，此间确实有"文野之分，粗密之分，高低之分"。一般来说，民歌的语言质朴，感情直向显露。文人诗歌的语言雕琢优雅，情感含蓄内蕴。民歌之美是浑朴粗放的，文人诗歌之美是精致雕琢的。民歌是诗的滥觞、粗胚，文人诗歌的语言却是民歌的升华、结晶。

诗语可以吸收民歌的语言，却不应等同于民歌的语言。如果否认文人诗歌与民歌在质态上的这种深刻差别，实际乃是艺术的民粹主义，其结果必然导致诗歌语言的庸俗化。

然而，新体诗基本抛弃了中国古典诗歌最宝贵的成果——诗歌修辞、音律、声韵的艺术美。在新体诗中，许多诗完全是那种信口而发、毫无形式的所谓"自由体"。但是，绝对的自由就是不自由，绝对无形式的诗也意味着没有诗。因此，新体诗的创新还是要从研究现代语言的声韵规律和修辞规律入手。

十一、诗中应当有"谜"

王国维《人间词乙稿·序》："文学之事，其内足以摅己，外足以感人者，意与境二者而已。"

在这里，王国维十分深刻地提出了关于诗歌审美的一个重要范畴——"意境"。

唐人王昌龄在《诗格》一书中提出了诗要有"物、情、意"的说法。王国维的贡献在于他对"意境"的新解释，即把"物境"与"情境"合并为一个范畴——"意境"。"意境"这个概念，一方面指境界，另一方面指诗之命意——即隐含于诗的微言奥意。

生动具体的形象，深邃微奥的命意，构成了一首诗的意境的两大元素。

首先，好诗不可无形象。但生动的形象性只是诗美的必要条件，而非充分条件。例如，宋陆游有一联诗：

> "重帘不卷留香久，古砚微凹聚墨多。"（《书室明暖，终日婆娑其间，倦则扶杖至小园，戏作长句二首》）

这两句诗刻画了书斋案头的一幅小景，形象不可为不生动。但在《红楼梦》中，林黛玉不喜欢这两句诗，认为这不算好诗，因为它"浅近"——虽有境界而无幽深的意趣。

再如，唐贾岛的这一联诗也很有名：

> "鸟宿池边树，僧敲月下门。"（《题李凝幽居》）

这两句诗写夜景颇生动，但王夫之批评它："如说他人梦，纵令形容酷似，何尝毫发关心？"（《夕堂永日绪论内编》）

其原因也就在于，它虽白描出了夜色的境界，却缺乏深邃的命意。

严羽论诗曾说："句中若无意味，譬如山无烟云，春无花草，岂有可观？"（《沧浪诗话》）对于一首好诗，如果说形象是肉体，那么命意就是灵魂。没有灵魂的肉体即使再美丽，也只是一具无生命的石膏模特儿。但如果没有肉体只

有灵魂，那么也还是不能产生好诗。司空图说："梅止于酸，盐止于咸，而美在酸咸之外。"（《诗品》）

命意直接坦露的诗，其意境必定浅薄。例如，这首现代诗《黄海之滨小立》（《诗刊》1980 年第 1 期）：

> 大海是个蓝毯子，
>
> 各国朋友坐在周围，
>
> 来呀，
>
> 干杯！

一般地说，命意在诗中隐含得愈深邃，诗的意境就愈深，因而愈耐人寻味——诗品愈高，诗味愈浓，诗也愈美。正如法国近代诗人马拉美（1842—1898）所说的："诗里应该有谜，诗语的魅力即在于此。"（《马拉美全集》）

十二、诗境有主客之别

在中国古典诗歌中，历代诗人创造了灿若明珠的瑰丽诗篇，也创造了多样化的语言表现方式。

王国维在《人间词话》中曾指出，古典诗歌具有两大艺术流派："有造境，有写境，此理想与写实二派之所由分。"

所谓"造境"，是指古典诗歌的浪漫主义表现方式。例如，李白《秋浦歌》：

> 白发三千丈，缘愁似个长。
>
> 不知明镜里，何处得秋霜。

李白《将进酒》：

君不见黄河之水天上来，奔流到海不复回。
君不见高堂明镜悲白发，朝如青丝暮成雪。

元关汉卿《关大王独赴单刀会》：

这也不是江水，二十年流不尽的英雄血。

在这类诗中，诗人以自己的感情去写照世界，使客观事物（白发、江水）明显地染就了诗人自身的主观色彩。这种艺术表现方式就是"造境"——理想主义、浪漫主义。

所谓"写境"，是指古典诗歌的写实主义表现方式。例如，王粲《七哀诗三首·其一》：

出门无所见，白骨蔽平原。
路有饥妇人，抱子弃草间。

杜甫《自京赴奉先县咏怀五百字》：

朱门酒肉臭，路有冻死骨。

在这类诗中，诗人尽力隐蔽了有人格的自我，即使写自我，也是把自我作为从属于客观的一分子，而不是创造客体的感情主体，力求客观真实地写照世界。此即所谓"以物观物"，这种艺术表现方式就是"写境"——写实主义。

十三、论象征

在中国古典诗歌中，还存在着一个未受到重视的流派——古典象征主义艺术。

象征主义反对传统的艺术表现方式——既反对浪漫主义直抒胸臆、以我观物的主观表现方式，也反对现实主义白描形象、模写真实的客观表现方式。它认为艺术是自我对世界的再创造，强调艺术的暗示性和神秘性。

在中国古典文学艺术中，一些具有独创性的艺术家，早就在自觉不自觉地运用象征主义的艺术表现方式。这种古典象征主义不仅在绘画领域中开创了一个独特的写意流派，而且在诗歌领域创造了一批意境深远且风格与浪漫主义、写实主义迥异的作品。

唐代著名诗人白居易在论述《诗经》的艺术表现方法时指出："'北风其凉'，假风以刺威虐也。'雨雪霏霏'，因雪以悯征役也。'棠棣之华'，感华以谏兄弟也。'采采芣苢'，美草以乐有子也。皆兴发于此而义归于彼。"（《与元九书》）

这里所指出的这种"兴发于此而义归于彼"的艺术表现方式，实质就是象征主义。

黑格尔曾说过："象征无论就它的概念来说，还是就它在历史上出现的次序来说，都是艺术的开始。"[①]

象征不同于比喻。象征与比喻的共同点，是它们都以一个直接的形象，显示一种间接的意义。但是比喻借助于事物的形貌相似或属性相似，而象征则是一种符号，它与被象征的事物可以毫无共同之点。比喻有客观基础，象征则完全是主观的命意。比喻通常是明显的，而象征却总是隐晦的。比喻借助于联想即可理解，而象征却只能借助猜测去意会。例如，《诗经·魏风·硕鼠》：

---

①［德］黑格尔：《美学》（第二卷），商务印书馆，1978年，第9页。

硕鼠硕鼠，无食我黍！

诗人用硕鼠的形象去讽刺脑满肠肥的剥削者。这是比喻，因为硕鼠与官老爷们不仅在心宽体胖的外形上相似，而且在不劳而获的属性上也相似。

然而，也有另一种不同的表现方式。例如，《诗经·小雅·采薇》：

昔我往矣，杨柳依依。
今我来思，雨雪霏霏。

这也是象征。诗人用"杨柳依依"与"雨雪霏霏"，象征远离故乡惜别不舍和思念亲人的心情。但这两种心情，无论在形象上或属性上，与"杨柳""雨雪"都毫无任何共同点。

在古典诗歌中，将象征主义手法发展到十分高妙的境界的要数晚唐诗人李商隐。例如，《宿骆氏亭寄怀二首》：

竹坞无尘水槛清，相思迢递隔重城。
秋阴不散霜飞晚，留得枯荷听雨声。

这是一篇中夜怀友人之作。但在诗中，诗人并未明言自己的感情，仅用月夜秋露、孤眠听雨的形象，象征性地暗示了自己彻夜不眠的忧忧思绪。

这里，不妨把李商隐的这首诗与柳永的一首小词做一下对比。柳永《忆帝京》：

薄衾小枕凉天气，乍觉别离滋味。展转数寒更，起了还重睡。毕竟不成眠，一夜长如岁。

同样以长夜不眠为题材，柳永是抒情与实景相结合的浪漫主义，李商隐却用隐晦而间接暗示的象征主义，创造出了迥然不同的意境。

这种象征主义的表现方式，使李商隐的许多作品蒙上了一层神秘幽深的艺术色彩。他的诗中仿佛有谜，再加上美丽的修辞和韵律，使人即使乍读未懂也仍然会很爱读。

闻一多曾说："诗这东西的长处就在于它有无限度的弹性，变得出无穷的花样，装得进无限的内容。只有固执与狭隘才是诗的致命伤。"（《神话与诗》）

综上所述，生动而且有形象感的语言，优美和谐富于节奏的声律，深邃曲折的意境——这即是构成诗歌美的三大要素。

兹用清人赵翼的《论诗》五首作为本文的结语：

满眼生机转化钧，天工人巧日争新。
预支五百年新意，到了千年又觉陈。

李杜诗篇万口传，而今已觉不新鲜。
江山代有才人出，各领风骚数百年。

只眼须凭自主张，纷纷艺苑漫雌黄。
矮人看戏何曾见，都是随人说短长。

少时学语苦难圆，只道工夫半未全。
到老始知非力取，三分人事七分天。

诗解穷人我未空，想因诗尚不曾工。
熊鱼自笑贪心甚，既要工诗又怕穷。

古诗炼句可见诗骨与诗眼

古人论诗，有"诗骨"与"诗眼"之说。但是何谓"诗骨"与"诗眼"，则历来仁者见仁，智者见智，难以说清楚。

"诗骨"一词见于唐孟郊《戏赠无本》："诗骨耸东野，诗涛涌退之。""诗骨"者，一首诗之纲也。唯好诗有骨，烂诗则无骨。烂诗一塌糊涂，如泥涂地，无所谓诗骨也。

"诗眼"一词见于宋苏轼《僧清顺新作垂云亭》："天工争向背，诗眼巧增损。"意谓"炼字增损，可得诗眼"。所谓"诗眼"，就是一首诗的主旨。

唐宋以前古人以诗为一生盛业，宋以后近人以诗为文章余事，今人则以诗为游戏。

所以古人作诗，不仅字斟句酌反复推敲，而且不断洗而炼之。"澡雪灵府，洗练神宅，据道为心，依德为虑。"（《宋书·顾恺之传》）"练"，通"炼"。"洗练"者，洗濯而锤炼也。"灵府""神宅"，精神、心灵也。

洗而炼之，脱肉见骨，方能见乎神眼。

因此，缩写是一个好方法。缩写，或是概括，或是抽象。抽象之后，乃见诗骨。锤炼紧缩，则可见诗眼。

以下试举三例。唐李白《赠汪伦》：

> 李白乘舟将欲行，
> 忽闻岸上踏歌声。
> 桃花潭水深千尺，

不及汪伦送我情。

炼句一：

乘舟将欲行，
岸上踏歌声。
潭水深千尺，
不及汪伦情。

炼句二：

舟将欲行，
忽闻歌声。
潭水千尺，
不及汪情。

炼句三：

将欲行，
踏歌声。
水千尺，
汪伦情。

炼句四：

将行，
歌声。

水深，

汪情。

最后，炼得一言句：

行，

歌。

水，

情。

这四个字，即是此诗之骨。最末一字——"情"，便是此诗之诗眼。

唐杜牧《江南春》：

千里莺啼绿映红，

水村山郭酒旗风。

南朝四百八十寺，

多少楼台烟雨中。

炼句一：

莺啼绿映红，

水山酒旗风。

四百八十寺，

楼台烟雨中。

炼句二：

> 莺啼绿红，
> 水山酒风。
> 南朝百寺，
> 楼台雨中。

炼句三：

> 啼绿红，
> 酒旗风。
> 南朝寺，
> 烟雨中。

炼句四：

> 啼红，
> 酒风。
> 南寺，
> 烟雨。

炼句五：

> 啼，
> 风。
> 寺，
> 雨。

此四字是诗骨，而"雨"就是此诗之诗眼。

宋李清照《如梦令》：

昨夜雨疏风骤，
浓睡不消残酒。
试问卷帘人，
却道海棠依旧。
知否？知否？
应是绿肥红瘦。

炼句一：

雨疏风骤，
睡不消酒。
问卷帘人，
海棠依旧。
知否？
绿肥红瘦。

炼句二：

雨，
酒。
否？
瘦。

此四字就是此诗之诗骨，而"瘦"——则是此诗之诗眼也。眼中所流露者，诗人悲春逝花落之情也。

好诗必然有骨有眼，而劣诗烂诗则必然无骨无眼。盖烂作文句涣漫，一抽即散，无句可炼，更无意义可提炼也。

关于诗与语言形式

一

任何艺术都是思想、意义的一种通过形式的存在。

思想意义可以直接叙述，直接依托于一种素朴的语言而存在。但是一切艺术之所以是艺术，就是因为它具有某种引人注目的外在形式。对艺术来说，形式是决定性的。形式是艺术的本质，形式体现美。艺术内容的深刻、正确、崇高（高尚）都与形式无关，它们只与思想、意义有关。艺术的美表现于纯外现的形式，美的意义并不在于表达了什么思想，而在于如何表达思想。

不具有任何思想负载的纯形式是否可以优美？可以。然而，不具有任何形式的一种自由表述的思想是否可以是优美的？它可以深刻或正确，但不可能优美。

二

诗，是一种经过精心雕琢的具有形式的语言，寄寓于形式之内的可以是某种思想（哲理、观点、意念），也可以是某种情感、感性、感受。

诗的语言必须经过雕琢和修饰。但正如一切艺术作品一样，这种人工雕琢修饰越不露形迹，越是发自天然。也就是说，越被隐藏似乎根本没有感觉到经过雕琢修饰，这种形式就越显得优美。

诗艺的高明，在于以最精雕的语言形式表现得似乎纯粹出自天然而完全没有形式。例如，李白《将进酒》：

君不见黄河之水天上来，奔流到海不复回。

君不见高堂明镜悲白发，朝如青丝暮成雪。

这是诗吗？是。美吗？极优美，但听起来又似乎是一种纯然出自天然的感叹。

三

汉语诗歌的形式，经过一系列文体的演进过程，走过了四个阶段：

（1）古典自由体（如著名的皋陶诗："日出而作，日入而息，其乐融融哉！"）；

（2）规范性古典文体（周代至清代）；

（3）口语体（唐王梵志、敦煌口号诗即元散曲的前身）；

（4）白话自由体（"五四"以来的新诗）。

古典语言的诗歌在《诗经》时代开始寻求规范化的语言形式。这种规范形式，后来又不断被突破产生新的形式，从而不断达到成熟。大体来说，其语言形式的发展历程如下：四言（周）、六言（汉魏）、骈体（南北朝）。这些都是一种偶数诗体，以寻求语言对称美的形式，值得注意。

秦汉以后，形成了五言、七言、长短句（词）、长短句自由体（散曲），尤其长短句自由体更是突破了对称形式。

此外，一直还存在一种古典语言的自由抒情文体。例如，刘邦《大风歌》："大风起兮云飞扬。威加海内兮，归故乡。安得猛士兮，守四方！"以及唐代的"古风"，都是使用古典语言的"自由体"，如陈子昂《登幽州台歌》也是一种古典的自由体。

到目前为止，现代语言的诗尚未形成成熟稳定且被公认为优美的规范化形式。

规范化，意味着公认性。公认性在审美中极其重要，而艺术的公认性即普遍性，是审美的重要特征。对于个人，任何东西都可以即时随感受之不同而被个人认为美或不美。但真正的美，必须取得大众的公认性，即普遍性和规范性。

只有在这种公认性中，审美才能达到客观化，才能形成客观性的评价尺度。

论《诗经》

一、《诗经》的艺术价值

经典之所以是经典，就是因为它是永恒的。《诗经》正是汉语中一部永恒的作品。

这些诗篇的原型作品，产生于距今 2500—3000 年间。这个年代数字令人炫目，但是这些诗篇中所表达的意境、感情、感受、意识极具现代性。在将其用现代语言进行重新诠释后，它们仿佛仍是今天的作品。例如，《诗经·召南·野有死麕》：

> 野有死麕，白茅包之。
>
> 有女怀春，吉士诱之。
>
> 林有朴樕，野有死鹿。
>
> 白茅纯束，有女如玉。
>
> 舒而脱脱兮，无感我帨兮，
>
> 无使尨也吠。

译文：

> 田野上有一头獐鹿死了，用白茅将它裹上。
>
> 有一个少女春情动，善良男子忙去引诱。

树林中有小树婆娑，田野中有死去的鹿。

解开缠裹的白茅，像少女美白如玉。

舒缓轻松地慢慢走着，不要碰到我的佩巾弄出声响。

不要招惹那长毛狗乱叫……

　　诗中描写一个少女与一个青年猎人在郊野幽会。寥寥几十个字，用一种含蓄的象征笔法，将心情与情境描写得淋漓尽致。这种自由的、以感受至上的爱情描写，谁能相信它是出自宗法制度下的西周时代呢？

　　《诗经》的表现形式，有写实主义，有象征主义。前人论诗之所谓"兴"，"先言他物以引起所咏之词"，其实就是象征。以一物喻一物，形态有所相似，谓之"比"或"比喻"。以一物喻一物，形态毫无相似而存在意设的联系，即"兴"或"象征"。例如，"昔我往矣，杨柳依依"（《诗经·小雅·采薇》），喻离别之相思，但这种相思在形态上与杨柳并无任何相似关系，而以其飘摇之态喻己之情思，仅存在赋予和设定意义的联系，这就是象征。《诗经》中多用象征手法。可以说，象征主义诗体是起源于《诗经》的。古典诗歌，有结构主义，也有印象主义，其多样性使得现代人的多数诗篇为之失色。

　　对这些诗篇的重新解读，使我们意识到远古中国的文化与文明确实需要有一种全新的解读和再认识。

二、《诗经》之体裁

　　《诗经》是上古诗歌总集，亦是中国最古老的个性化的自由文艺创作。其书包括十五"国风"（二"南"及十三"风"）、大小二"雅"、三"颂"，共计三百零五篇。这些诗歌，产生于距今2500—3000年间，亦相当于西周至春秋中期的1000年间。

这三百零五篇诗歌，被分为三体，即"风"（十五国风）、"雅"（小雅、大雅）、"颂"（周、鲁、商三颂）。

朱熹云："凡《诗》之所谓风者，多出于里巷歌谣之作。"（《诗集传·序》）"风"，多数来自民间，是上古的情歌与民歌。"雅"，是贵族士君子的献诗。"颂"，则是歌颂先祖的史诗。

《尚书·尧典》："诗言志。"孔子云："志之所至，诗亦至焉。"（《礼记·孔子闲居》）《毛诗序》申释其义云："诗者，志之所之也。在心为志，发言为诗。"

"风"者，放也，赋也。直言抒情曰"赋"，放情赋歌谓之"风"。"风"，其实主要是各国的民间歌曲。"雅"者，谣也，吟哦也。"雅"，多是贵族君子的创作。"小雅"多叙事抒情，"大雅"多论政议事。又"雅"者，正也，政事也。故"雅"诗多咏政事。约略观之，"小雅"叙小政，"大雅"叙大政。《周礼》言《诗经》有六体：风、雅、颂、赋、比、兴。

"风"，民歌。"雅"，正歌。"颂"，朗诵。直言曰"赋"（放言直抒），比言曰"比"（借此言彼曰"比"，比喻），征言曰"兴"（以此兴彼，托物寓言曰"兴"，象征也）。《毛诗序》："'雅'者，正也，言王政之所由兴废也。""小雅"，即小的政事；"大雅"，即大的政事。

"雅"者，咏也，咏言，独歌。贵族之歌曰"雅"。"大雅"，诸侯之咏。"小雅"，家臣大夫之咏。"《大雅》之变，作于大臣，召穆公、卫武公之类是也。《小雅》之变，作于群臣，家父、孟子之类是也。《风》之变也，匹夫匹妇皆得以风刺，清议在下，而世道益降矣。"（宋王应麟《困学纪闻》卷三）

"颂"者，讼也，容也。"讼"者，群言。"容"者，舞容，表演也。"颂"，就是史诗与上古之歌剧。《毛诗序》："'颂'者，美盛德之形容，以其成功告于神明者也。"此言是对的，"颂"中主要是关于国家宗庙祭祀、赞颂先祖的史诗，具有宗教性的神圣意义。

从时代内容看，"风"多数为东周春秋时诗。对孔子而言，"风"是现代诗，二"雅"则是近代之诗，三"颂"则是古诗及史诗。

三、《诗经》三百零五篇

传说，古代先王之政有"采风"的制度。周代设有"行人"到民间去采诗。《汉书·食货志》："孟春之月，群居者将散，行人振木铎徇于路以采诗，献之大师，比其音律，以闻于天子。"

《国语》中亦记有公卿列士献诗、大师陈诗的说法。《礼记·王制》："天子五年一巡守……命大师陈诗以观民风。"当时，大量的民歌和贵族的诗篇，正是依靠这种采诗、献诗制度而保存下来。然后，由"大师"（大司乐）将其编纂成集，选择而教授学子。故《周礼·春官宗伯》说："大师：教六诗，曰风，曰赋，曰比，曰兴，曰雅，曰颂。"又说："大司乐：以乐语教国子。"

《周礼》一书，其基本资料来自周代，但创制则为汉代王莽、刘歆（徐复观语）。

《诗经》中今存的三百零五篇诗歌，则是孔子从当时周王官及鲁大师（乐官）所保存的三千余篇诗歌和民歌中筛选编纂的。

《史记·孔子世家》：

> "古者《诗》三千余篇，及至孔子，去其重，取可施于礼义，上采契后稷，中述殷周之盛，至幽厉之缺，始于衽席，故曰'关雎之乱以为风始，鹿鸣为小雅始，文王为大雅始，清庙为颂始'。三百零五篇孔子皆弦歌之，以求合韶武雅颂之音。"

《诗经》三百零五篇的内容，归纳一下大体分作三类：

第一类是民间歌谣：

（1）恋歌（如《关雎》《静女》《将仲子》《溱洧》诸篇）；

（2）婚姻之歌及祈子歌（如《桃夭》《螽斯》《芣苢》诸篇）；

（3）哀歌及悼亡之歌（如《蓼莪》《绿衣》诸篇）；

（4）农事歌曲（如《七月》《甫田》《行苇》《既醉》诸篇）；

（5）时事讽刺歌曲（如《新台》《伐檀》《狼跋》）。

第二类是贵族诗人咏怀创作，如《东山》《节南山》《正月》《十月之交》《崧高》诸篇。

第三类是宗庙（闳宫）及宴会乐舞歌曲（所谓"升歌"）：

（1）宗教乐舞歌曲（如《文王》《下武》诸篇）；

（2）颂神祭祝乐舞歌曲（如《思文》《云汉》诸篇）；

（3）宴会乐舞歌曲（如《庭燎》《鹿鸣》诸篇）；

（4）田猎舞歌（如《常武》《兔罝》《驺虞》诸篇）；

（5）军旅之歌（如《击鼓》《无衣》《破斧》）；

（6）教诲之歌（如《鸤鸠》）。

四、《诗经》之采诗献诗

近世疑古者无事不疑，称商周文明为所谓"巫术文明""巫史文明"云云，故有人因此怀疑上古文明中是否真有采诗及诗教之制。其实，采诗及诗教之制事见诸典籍，毫无可疑。《史记·周本纪》中记有如下一件史事可作为参证：

王行暴虐侈傲。国人谤王。召公谏曰："民不堪命矣。"王怒，得卫巫，使监谤者，以告则杀之。其谤鲜矣，诸侯不朝。三十四年，王益严，国人莫敢言，道路以目。

厉王喜，告召公曰："吾能弭谤矣，乃不敢言。"召公曰："是障之也。防民之口，甚于防川。川壅而溃，伤人必多，民亦如之。是故为川者决之使导，为民者宣之使言。故天子听政，使公卿至于列士献诗，瞽献曲，史献书，师箴，瞍赋，矇诵，百工谏，庶人传语，近臣尽规，亲戚补察，瞽史教诲，耆艾修之，而后王斟酌焉，是以事行而不悖。民之有口也，犹土之有山川也，财用于是乎出；犹其有原隰衍沃也，衣食于是乎生。口之宣言也，善败于是乎兴。行善而备败，所以产财用衣食者也。夫民虑之于心而宣之于口，成而行之。若壅其口，其与能几何？"

王不听。于是国莫敢出言，三年，乃相与畔，袭厉王。厉王出奔于彘。

召公指出："为川者决之使导，为民者宣之使言。故天子听政，使公卿至于列士献诗……"——古代先王之所以采诗于民间，正是为了察民意，知民心，料民情，以防止国家政治由于民怨壅积而突然崩溃。

采诗察民，即通过歌谣观测民心、民意、民情，实在是行之于上古的一种高明政治措施。

五、立乐府，采歌谣

上古乐官本源于先秦宗庙闵宫中以职业歌舞而娱神者。男歌吟（讲史）者往往用"瞽人"或"瞽矇"，即盲人。《仪礼·燕礼》郑玄注："瞽矇，歌讽颂诗者也。"女乐舞者则为"巫"，或"倡"（娼）或"尼"。上古乐官亦名"乐正"。"正"者，政也。"乐政"，乐官也。乐官即儒师之本源，《周礼》称"乐胥"，《论语》称"大师"，师胥者，儒也。

《礼记·王制》：

"乐正崇四术，立四教，顺先王诗书礼乐以造士。春、秋教以礼乐，冬、夏教以诗书。"

又《礼记·经解》：

"孔子曰：入其国，其教可知也。其为人也：温柔敦厚，《诗》教也；疏通知远，《书》教也；广博易良，《乐》教也；洁静精微，《易》教也；恭俭庄敬，《礼》教也；属辞比事，《春秋》教也。"

采诗之制，后来汉武帝立"乐府"而仿效之。

《汉书·礼乐志》：

"至武帝定郊祀之礼……乃立乐府，采诗夜诵，有赵、代、秦、楚之讴。以李延年为协律都尉，多举司马相如等数十人造为诗赋，略论律吕，以合八音之调，作十九章①之歌。"

又《汉书·艺文志》：

"自孝武立乐府而采歌谣，于是有代赵之讴，秦楚之风，皆感于哀乐，缘事而发，亦可以观风俗，知薄厚云。"

但是，"乐府"一名，并非汉武帝始创。1977 年，陕西临潼秦始皇墓附近出土秦代编钟，上有秦篆"乐府"二字。唐杜佑《通典·职官·太常卿》："秦汉奉常属官有太乐令及丞，又少府属官并有乐府令、丞。"乐官之制，其来已久，殷有"瞽宗"，周有"大司乐"，秦有"太乐令""太乐丞"，皆掌乐之官也。然"乐府"之名，则始见于秦。乐府之立为专署，应始于汉武帝。汉班固《两都赋·序》："大汉初定，日不暇给。至武、宣之世，乃崇礼官，考文章。内设

---

① "十九章"，即今传《古诗十九首》。

金马、石渠之署，外兴乐府、协律之事。"

汉武帝行事好仿古制，其制度多仿前秦与西周。其博学多才，喜诗爱赋，加之早年两位老师赵绾、王臧都出自当时传授齐派《诗经》之申公门下，故汉武帝立乐府而恢复了古代采诗之制。

六、不学《诗》，无以言

《诗经》中篇幅最多的是情诗和抒情诗，这些诗篇主要集中在"国风"中。这种情诗，后世道学家往往视之为"淫"，如清江永说："孔子未尝删诗，诗亦自有淫声。"但孔子当年则不以为然，曾说："《诗》三百，一言以蔽之，思无邪。"（《论语·为政》）可见，孔子并不是不食人间烟火的禁欲先生。

"国风"的作者不一，有的是无名的民间男女，有的是王家乐师，有的是贵族君子。

朱熹在《诗集传·序》中关于《诗经》也有一段高明的讲论：

"或有问于余曰：'《诗》何为而作也？'余应之曰：'人生而静，天之性也。感于物而动，情之欲也。夫既有欲矣，则不能无思。既有思矣，则不能无言。既有言矣，则言之所不能尽，而发于咨嗟咏叹之余者，必有自然之音响节奏而不能已焉。此《诗》之所以作也。'"

孔子曾以《诗》为教：

"诵《诗》三百，授之以政，不达；使于四方，不能专对；虽多，亦奚以为？"（《论语·子路》）

"小子，何莫学夫《诗》？《诗》，可以兴，可以观，可以群，可以怨。

迩之事父，远之事君，多识于鸟兽草木之名。"（《论语·阳货》）

"人而不为《周南》《召南》，其犹面墙而立也与？"（《论语·阳货》）

"不学《诗》，无以言。"（《论语·季氏》）

七、《诗经》的歌唱风

《论语·子罕》："吾自卫返鲁，然后乐正，雅颂各得其所。"

西周时，《诗经》藏于乐官，为乐官所用之曲调名及所歌诗之底本。徐中舒说："故易必出于大卜，书必出于大史，诗必出于大师。《汉书·艺文志》论诸子之学无不出于王官，其事与此先后实同一例。"[①]《诗经》三百零五篇本来都是有乐调而配唱的，实际都是"歌"。《左传》记述季札至鲁观乐，鲁乐之所奏诸曲其曲名皆《诗经》之诗名。《左传》谓周礼尽在鲁，当时诸侯都至鲁观商周古礼。《国风》中的有些作品似乎是根据固定曲牌所填写的歌词，如《扬之水》《羔裘》，同一曲牌下都有多首不同歌词。

春秋时代，各国士大夫交往必须首先以诗导言，所以孔子云"不学《诗》，无以言"。

徐中舒又说：

> 春秋之世去古未远，歌唱之风尤甚发达。《左传》载当时诸侯卿相宴飨会盟之际，犹以赋诗为交际上必须之仪节，如不答赋，则为失礼。
>
> 如《左传·文公四年》云："卫宁武子来聘，公与之宴，为赋《湛露》及《彤弓》，不辞，又不答赋，使行人私焉。"此因不答赋，而以为失礼。
>
> 又如《左传·昭公十二年》云："宋华定来聘，通嗣君也，享之。为

---

① 徐中舒：《徐中舒历史论文选辑》下册，中华书局，1988年，第634页。

赋《蓼萧》，弗知，又不答赋。昭子曰：'必亡！宴语之不怀，宠光之不宣，令德之不知，同福之不受，将何以在？'"此以不答赋，而以为国有必亡之征。由此可知，古人对诗乐与政治关系之重视。

由此可知，《诗经》在周代乃是贵族士子们青少年时代启蒙教育的必修课目。

当时，各国贵族子弟自小即习诗、唱诗，所以成年以后才能在各种交际场合以诗代言赋志达情。

八、《诗经》在春秋时代的用处

综合古代典籍的记载，可以推知《诗经》在春秋时代大概有以下用处：

（1）宗教仪式——举凡祭祀神明、破除灾殃、丧葬等仪式，都有专门的诗歌诵唱。

（2）日常交际——祭祀、盟誓、射箭、宴宾、乡饮酒等重大聚会，都要诵唱诗歌。

（3）外交礼仪——"行人之官"（即外交官）出使国外，往往赋《诗》以寄言。仅据《国语》《左传》记载，这一类的赋《诗》寄言在春秋近三百年中二十八次之多。可见，当时的外交官都是精通于《诗》的。孔子所谓学《诗》则能"使于四方"，就是指此而言。

（4）以《诗》代言——春秋时"君子"喜欢用《诗》代言。如果一个人不会用《诗》，便会被认为很失礼。所以，孔子说："不学《诗》，无以言。""《诗》可以兴，可以观，可以群，可以怨，迩之事父，远之事君。"

古代人们的个性化创作似以《诗经》为最古。《尚书·尧典》："诗言志。"——"志"者，识知也，记忆也，抱持也（追求也）。《诗》之作者，一为贵族及士子，一为民间游吟者。《诗经》十五"国风"中主要是民歌，作者多为不知名之民间游吟者。

九、《诗经》的流传

就《诗》学的传授而言，都说是由孔子传于子夏，子夏传曾申，曾申传魏人李克（悝），李克传鲁人孟仲子，孟仲子传牟根子，牟根子传赵人荀卿（前213？—前238）。荀子以下，《诗》学分为四脉：

（1）"赵诗"。荀子传鲁人大毛公，即毛亨；大毛公传小毛公，即毛苌。二毛公传述《毛诗诂训传》，即《毛传》。这一系统流传的诗，于西汉首先流行于赵地（河间献王好之，乃私立毛苌为河间国之诗博士）。故所谓《毛诗》，实即"赵诗"，属于经学的古文学派。《汉书·儒林传》："毛公，赵人也。治《诗》，为河间献王博士。"此"毛公"在《后汉书·儒林列传》称"毛苌"。汉郑玄《诗谱》："鲁人大毛公为《诂（故）训传》于其家，河间献王得而献之，以小毛公为博士。"此较《汉书·儒林传》多出一大毛公，郑玄或别有所据。晋陆玑《毛诗草木虫鱼疏·序》："毛亨大毛公，苌小毛公。"《六艺论》："河间献王好学，博士毛公善说《诗》，王号曰《毛诗》。"此是说毛之诗博士为河间献王所私立。

（2）"鲁诗"。荀子传《诗》于齐人浮丘伯，浮丘伯传鲁人申培公。申培公传赵绾、王臧，赵、王则曾为汉武帝刘彻师傅。

（3）"韩诗"。韩婴之"韩诗"，也是源于荀子。

（4）"齐诗"。辕固生的"齐诗"，也是荀子所传。

总之，溯其总源，以上"赵诗""鲁诗""韩诗""齐诗"诸家，皆本于荀卿。荀子所传之《诗》义，则上承于子夏、孔子。

韩、鲁、齐三家诗，属于西汉经学中的今文学派。今文学派的《诗经》传授，在汉初特别是汉武帝时代列于国家之官学，居于显学主流的地位。

西汉末，王莽始崇古文之学，遂将"赵诗"列入官学。到东汉光武帝时，复将王莽时被列入官学的《毛诗》罢止，但民间传授则仍未中断。

西汉时，《诗》学盖有四传：韩、鲁、齐及赵（毛）家。韩、鲁、齐三家属今文学派，赵（毛）家属古文学派。西汉时流行今文三家，东汉以后古文兴，三家诗说皆逐渐衰亡，《毛诗》反而成为独传。

十、《诗经》的伦理化、神圣化

在汉代，由于《诗经》成为国家官学之经典，于是将《诗经》伦理化、神圣化，遂成为一时风尚。本来《诗经》作者多是民间不知名之游吟者，但当时有论者硬要将作者一一考实并附会于贵族，以寄托所谓政治或伦理礼教之"微言大义"。于是，诗解往往望文生义地攀缘比附政治史事，臆测诗中"莫须有"的伦理政治含义，如托名"子夏""毛公"所撰《诗序》。

《诗序》有"大序""小序"之分。所谓"小序""大序"，以字数之多寡言，字数少，称"小序"，字数多称"大序"。但是，后人之所谓"小序"者，郑玄则称为"大序"；后人之所谓"大序"者，郑玄则称为"小序"。郑玄不是以字数定大小，而是以内容定大小：讲政教伦理者曰"大"，讲历史背景者曰"小"；出于子夏者为"大"，成于毛公者为"小"。

《诗序》作者是要防止人们以真情读《诗》，而要以《诗》来设伦理礼教之"教"。

因此，《诗序》将《国风》中所有爱情诗篇几乎无一例外地一并归结为对治国者政教之讽喻，成为一种关乎伦理政治的意识形态。例如，《关雎》序："国史明乎得失之迹，伤人伦之废，哀刑政之苛，吟咏性情以讽其上。"《静女》序："刺时也。卫君无道，夫人无德。"《桑中》序："刺奔也。卫之公室淫乱，男女相奔，至于世族在位相窃，妻妾期于幽远，政散民流而不可止。"《氓》序："刺时也。宣公之时，礼义消亡，淫风大行。"《溱洧》序："刺乱也。兵革不息，男女相弃，淫风大作，莫能救焉。"

总之，每一首《诗》都有礼教的训诫用心在里面，此即所谓"藉序以明《诗》教"。关于《诗序》的作者，郑玄说是子夏（"作大序"）和毛公（"作小序"），但实际上这是明显伪托之说。

十一、《诗经》研究的重大突破

自宋代以来，《诗经》之研究得到了重大突破。首先是欧阳修、朱熹突破《诗序》及汉代传诗之家法，提出"以诗解诗"，寻求《诗》之本旨，从而摧陷廓清了《诗序》强加给《诗》的许多伦理枷锁。

北宋时，欧阳修在其《诗本义》中对《诗序》提出疑义，继而有苏辙的《诗传》、郑樵的《诗传辨妄》，及至南宋朱熹在其《诗序辩说》中对《诗序》之伪妄揭露殊多。

《诗序》中多用"后妃"一词，多数诗篇"大序"皆认为诗意乃是宣教所谓"后妃之德"。例如，"《关雎》，后妃之德也。""《葛覃》，后妃之本也。""《卷耳》，后妃之志也。""《樛木》，后妃之逮下也。""《螽斯》，后妃子孙众多也。""《桃夭》，后妃之所致也。""《兔罝》，后妃之化也。"

"后妃"一词，非两周习用之语。"后妃"一名，始见于《吕氏春秋》，乃战国晚期儒家之言也。春秋时，诸侯君后称"小君"或"夫人"，不称"后妃"。春秋以前所谓"后"，有君后、君主（男性）之意，而非专指君主之妻妾。《左传·成公八年》："士之二之子，犹丧妃耦。"《左传·昭公三十二年》："体有左右，各有妃耦。"《左传·隐公元年》："惠公元妃孟氏。"唐孔颖达疏："妃者，匹配之言。""妃耦"，即配偶，盖普通之言也，男性主君之附庸。《左传·文公十四年》晋杜预注："妃音配，本亦作配。""妃"指君主从婢，与母后地位不可相提并论。故"后妃"联言，非西周、春秋习用之语。

西汉一朝，后党与君党一直有激烈的政争。支持皇帝的君党人士欲贬抑母权、后权，故将"后"与"妃"连称为名，同沦于男权附庸之地位。"后妃"连称，正表明"母后"地位之沦降。《诗序》中常以"后妃"联言，仅此已足可表明其产生当在汉以后，故《诗序》不可能是孔子所传子夏之作。

十二、《诗经》之《诗序》的真正作者

所谓《诗序》的真正作者，其实在《后汉书》中有明确记载，乃是东汉卫宏。

《后汉书·儒林列传下》：

> "卫宏字敬仲，东海人也，少与河南郑兴俱好古学。初，九江谢曼卿善《毛诗》，乃为其训。宏从曼卿受学，因作《毛诗序》，善得风雅之旨，于今传于世。"

又《后汉书·儒林列传下》：

> "中兴后，郑众、贾逵传《毛诗》，后马融作《毛诗传》，郑玄作《毛诗笺》。"

由此可知，《毛诗序》乃卫宏托毛氏之名的伪作。

至于《毛诗传》即《毛诗训诂传》，则传自卫宏的老师谢曼卿，以后又传于郑众（先郑）、贾逵及东汉马融。

《毛诗传》多采用先秦"故训"，解释《诗》的文字用语常可与《尔雅》（孔

子、子夏所传）相生发，可能确与子夏、大小毛公所传授有所渊源，而《诗序》则完全是卫宏伪托之作。

西汉自吕氏、窦氏以母权干政后，经常出现母后及外戚干政的阴影。在西汉末及东汉中晚期，儒家士大夫所拥戴之男系君权与外戚母权之党争十分激烈。因此，东汉士人乐言后妃之女德（如刘向《列女传》）。西汉成帝时，外戚王氏一家"凡九侯五大司马"。宗室刘向上书斥王氏乱政，希望成帝远外戚、正女德。成帝授刘向为中垒校尉，掌控北军，以与王氏相制。

《诗序》多从后妃女德角度曲解诗意，此实际明显反映了东汉士人之价值观念也。故《诗序》当为卫宏所作，而与春秋战国时代的孔子、子夏及秦汉之际的毛公毫无关系。

故读《诗经》，必须将其"序"（"毛序"）与"传注"（"毛传"）分别开来。

十三、《诗经》之义的理解途径

朱熹《诗集传·序》云："吾闻之，凡《诗》之所谓风者，多出于里巷歌谣之作，所谓男女相与咏歌，各言其情也。"

朱熹认为，《诗经》中的"风"多出于民间创作，是自由抒情之民俗歌曲。这是使《诗经》返璞归真的见解。汉代往往把情诗说成是王者"思贤若渴"，宋人则揭开了这个面纱，指出情诗就是情诗。正是由于勇敢地摒弃《诗序》，才开辟了理解《诗经》的正确途径。

明代学者陈第、顾炎武提出"读《诗》当知古音"，从而从语言学的突破逐渐寻求到《诗经》的语义。

陈第《毛诗古音考·序》指出："时有古今，地有南北。字有更革，音有转移。……以今之音读古之作，不免乖剌而不入。……魏晋之世，古音颇存，至隋唐渐尽矣。"因此，读《诗经》首先应当寻辨古音和文字的本来语义。

到清代，新汉学兴起，进一步发现音韵之学。戴震继承顾炎武音学真谛，提出"疑于义者，以声求之。疑于声者，以义正之"（《转语二十章·序》）。后钱大昕及高邮二王亦用此法解经，遂卓有发现。20 世纪以来，则有章（炳麟）黄（侃）之学复传其道。

20 世纪以来，通过王国维、郭沫若、闻一多、孙作云等先贤的工作，将《诗经》研究纳入考古、历史、天文历法、民族学及人类学、语言学的广阔视野，从而开拓了前所未有的新境界。

汉刘向《说苑·奉使》："《诗》无通诂，《易》无通占，《春秋》无通义。"《说文》："词者，义内而言外。"以诗解诗，译文完全采用对句对词的对译之法，即直接寻找与原诗语义相对称的现代语言解译，而尽力避免在原诗的意义之外妄作增加或减少。

论《诗经》和乾嘉学术

一、关于《诗经》的考据类著作

乾嘉学派的《诗经》注疏，集大成者当以晚清王先谦《诗三家义集疏》最为著名。

王先谦（1842—1917），号葵园，湖南长沙人，晚清湘学之殿军人物。曾任翰林院编修，国子监祭酒，江苏学政等职，并曾主持南岳书院多年，校刊古籍文献多种。

乾嘉学派兴起于明末清初，其学术成就之集大成著作则多出现在晚清。

王先谦的《诗三家义集疏》，收辑西汉以来齐、鲁、韩三家诗说，兼取宋元明清以下历代学者的疏解，折中异同，加以考核说明。故此书可谓乾嘉学派《诗经》研究的集大成著作。

但是，对于现代不甚熟悉朴学的人来说，此书不好读。

属于现代继承朴学遗风而比较好读的，有高亨《诗经今注》《听高亨大师讲诗经》。此外，较为可读的还有周振甫《诗经译注》、程俊英《诗经译注》等。

但是，《诗经》中有一些老大难篇章，正如《尚书》《周礼》《周易》等儒家经典，自汉唐以来从未被搞懂过。"五经"自古盲人摸象，《尚书》十之七，《诗经》十之五，没人能懂。诸家异说，无非仁者见仁，智者见智。

二、关于"古经新解"系列

余二十年前的旧作——《风与雅：〈诗经〉新考》及《雅与颂：华夏上古史诗新考》，多有一些个人的发现及新解，自以为可以破解若干前人所未知。

举个例子，《诗经》第一篇《关雎》中的"雎鸠"究竟是什么鸟？历来都以为是黑色的鱼鹰，但鱼鹰是猛禽凶鸟且貌丑，竟被诗人作为开篇起兴的男女爱情之象征，岂不奇怪？

经过考证发现，所谓"雎鸠"非鱼鹰，其实是杜鹃鸟，也就是杜宇、子规鸟，即通称的布谷鸟。华夏自古有以报春鸟之杜鹃作为爱情象征的习俗，所谓"春心报杜鹃"。

又如《诗经·周南·兔罝》一篇描写的是赳赳武士，但历代都解释"兔罝"为捕杀兔子的网笼。古代江淮、江汉的楚人称老虎为"於菟"，讹音"玉兔"，故诗中的"兔罝"不是兔子笼子，而是伏虎的网罗。

《诗经》中的许多语句貌似很难懂，但运用训诂音近义通的原理，就打通了许多语言障碍。

如《诗经·周南·关雎》中"关关雎鸠"的"关关"二字，实际就是现代语"咕咕"两字的转语，描写的是雎鸠的叫声。所谓"关关雎鸠"，就是"咕咕杜鹃叫"的意思。

又如《诗经·大雅·荡之什》的名句"靡不有初，鲜克有终"，看起来难懂，其实"靡"就是"莫"的转字，"无"的意思，"鲜"就是"稀"的转语，"克"就是"可"的转语。"靡不有初，鲜克有终"，即"无不有初，稀（少）可有终"——文从字顺，意思就是很难做到有始有终。

再如《诗经·小雅·小旻之什》中的"不敢暴虎，不敢冯河"，这两句在《论语》中被孔子简化为四个字"暴虎冯河"。"暴虎"之"暴"，就是搏斗的"搏"的通假字。"冯河"之"冯"，就是浮河之"浮"（古字为"泝"）的通假字。"不敢搏虎，不敢浮河"，就是不敢徒手搏斗老虎，不敢徒手浮渡大河。

"暴"为"虣"（bào）的异文。毛传和《尔雅》释"虣"为"徒搏"，即徒手搏虎。"冯"（古字"憑"），清段玉裁注为"淜"（píng）的假借字。《说文》："淜，无舟渡河也。"也就是游水，即浮河。"淜""浮"今音不同，古音通，是同源字。

其实，古代汉语与现代汉语并没有人们想象的那么大的悬隔，基本的语言结构并无不同。诸如此类的成语，貌似艰深，一旦打通文字障碍，即晓畅明白如昼也。

在"古经新解"系列中此类新解颇多，自认为"古经新解"是效仿乾嘉余绪的考据之作，化深奥为简单，化幽深为平易。

三、关于乾嘉学术

乾嘉学派创始者为明末清初鼎革之际的方以智、顾炎武，大成于戴震、钱大昕等，标榜复兴"汉学"，暗含不忘汉民族本源的政治含义。

针对宋明理学玄谈心性、义理、纲常，"束书不观，游谈无根"的形而上风尚，汉学家转而提倡实事求是的考证方法，主张由研究文字、音韵、训诂的所谓"小学"考据入手，重新解读儒家经典，主张恢复汉代尊古、尚朴的学术精神，故也称为"朴学"（朴素之学）。

乾嘉学派虽以"乾嘉"表明其时代特征，但其学则并非仅在乾隆、嘉庆两朝。范文澜说："自明清之际起，考据曾是一种很发达的学问。顾炎武启其先行，戴震为其中坚，王国维集其大成，其间卓然成家者无虑数十人，统称为乾嘉考据学派。"①

顾炎武是吴人，戴震是皖人，所以乾嘉考据学派兴起于吴学和皖学。

---

① 中国社会科学院近代史研究所编：《范文澜历史论文选集》，中国社会科学出版社，1979 年。

乾嘉学术中微观考据学（所谓"小学"）最著名，主张："求道者不必空执义理求之也。但当正文字，辨音读，释训诂，通传注，则义理自见，而道在其中矣。"所以，乾嘉学术以文字、音韵学、训诂学研究为显学。

1840年鸦片战争爆发，此后中国逐渐开埠，思想界遭受西学、新学及新思潮的猛烈冲击，乾嘉学派遂趋衰落。

但是，乾嘉学派在内地的湖南、四川则仍盛行，晚清时还出现了湘学（王先谦等）、蜀学（廖平、蒙文通等）。

四、考据学实多为语言猜谜游戏

乾嘉学派的考据学，许多研究对象不过是一些有趣的语言猜谜游戏。

譬如，无论"雎鸠"是鱼鹰或是杜鹃，"关关"之拟声是咕咕或者呱呱，于国计民生又有何益？

曾国藩曾经批评考据学，说："嘉道之际，学者承乾隆季年之流风，袭为一种破碎之学，辨物析名，梳文栉字，刺经典一二字，解说或至数千万言，繁称杂引，游衍而不得所归，张己伐物，专抵古人之隙。"（《曾文正公集》卷一）

1904年，梁启超发表《新史学》批判乾嘉考据学风，说："知古而不知今，谓之陆沉。"

但是，乾嘉学派中特有一派（钱大昕、赵翼、王鸣盛等）比较注重历史及地理（如阎若璩、顾祖禹的历史地理学），至晚清代表人物则有王国维。

这一派由史学考据转入历史的清算总结，研究华夏历史地理的古今沿革与变迁，至今仍然颇有实际价值。

此派证古者之学术成果、实用意义，高于治语言、文字、版本的考据一派。

孔子论"诗言志"

《韩诗外传》卷二曾记述孔子在齐国时遭遇的一件事:

孔子遭齐程本子于郯之间,倾盖面语终日。有间,顾子路曰:"由,束帛十匹,以赠先生。"子路不对。有间,又顾曰:"束帛十匹,以赠先生。"子路率尔而对曰:"昔者,由也闻之于夫子:士不中道相见,女无媒而嫁者,君子不行也。"孔子曰:"夫诗不云乎?'野有蔓草,零露溥兮。有美一人,清扬婉兮。邂逅相遇,适我愿兮。'且夫齐程本子,天下之贤士也,吾于是不赠,终身不之见也。大德不逾闲,小德出入可也。"

译文:

孔子在郯国之郊遇到了齐国的程本子,二人停下车来冠盖相连地靠在一起交谈了很久。过了一会儿,孔子对子路说:"取下车上的彩帛十匹以赠先生。"子路没有回答。过了一会儿,孔子又吩咐:"取下车上的彩帛十匹以赠先生。"子路照办并责怪孔子说:"过去我听夫子说过:士人不经过中间人介绍而相见,女子不经过媒人的介绍出嫁者,君子是不会这样做的。"孔子说:"《诗》中不是有这样的话吗?'田野上的蔓草,沾上了雨露。偶然遇到一位美人,令我特别心动。虽然是邂逅偶遇,正合心愿。'况且遇到的齐国的程本子是知名的贤人,这时候我若无所表示,也许这辈子都不会再见面了。德操大节上不能违背,小细节上有点出入是可以的。"

由上述这则轶事，不仅可以看出孔子是一个性情中人，而且反映了孔子处世的态度。

《论语》中记述了一则孔子教诲儿子学《诗》的故事：

陈亢问于伯鱼曰："子亦有异闻乎？"对曰："未也。尝独立，鲤趋而过庭。曰：'学诗乎？'对曰：'未也。''不学诗，无以言。'鲤退而学诗。他日又独立，鲤趋而过庭。曰：'学礼乎？'对曰：'未也。''不学礼，无以立。'鲤退而学礼。闻斯二者。"陈亢退而喜曰："问一得三，闻诗，闻礼，又闻君子之远其子也。"

译文：

陈亢问伯鱼："你听到过（孔子）特殊的教诲吗？"伯鱼答："没有。他曾站在庭院里，我从他身边匆匆经过。他问我：'你学《诗》了吗？'我回答：'没有。''不学《诗》，就不会讲话。'我下去后便去学《诗》。又有一次，他独自站在庭院中，我从他身边匆匆经过。他问我：'你学礼了吗？'我说：'没有。''不学礼，就无法立足于社会。'我下去后便学礼。我私下只听到过这两次教诲。"陈亢回去后高兴地说："我只问一个问题却得到了三种收获，知道了《诗》的作用，知道了礼的作用，还知道了君子并不偏爱于自己的儿子。"

关于《诗经》的意义，《论语》中孔子还有许多精辟论述。例如：

子曰："诗三百，一言以蔽之，曰'思无邪'。"（《论语·为政》）
子夏问曰："'巧笑倩兮，美目盼兮，素以为绚兮。'何谓也？"子曰：

"绘事后素。"曰："礼后乎？"子曰："起予者商也！始可与言诗已矣。"（《论语·八佾》）

子曰："小子！何莫学夫诗？诗，可以兴，可以观，可以群，可以怨。近之事父，远之事君。多识于鸟兽草木之名。"（《论语·阳货》）

子谓伯鱼曰："女为周南、召南矣乎？人而不为周南、召南，其犹正墙面而立也与？"（《论语·阳货》）

子曰："关雎，乐而不淫，哀而不伤。"（《论语·八佾》）

子语鲁大师乐。曰："乐其可知也：始作，翕如也；从之，纯如也，皦如也，绎如也，以成。"（《论语·八佾》）

子谓韶，"尽美矣，又尽善也"。谓武，"尽美矣，未尽善也"。（《论语·八佾》）

子贡曰："贫而无谄，富而无骄，何如？"子曰："可也。未若分而乐，富而好礼者也。"子贡曰："诗云：'如切如磋，如琢如磨。'其斯之谓与？"子曰："赐也，始可与言诗已矣！告诸往而知来者。"（《论语·学而》）

子曰："志于道，据于德，依于仁，游于艺。"（《论语·述而》）

子所雅言，诗、书、执礼，皆雅言也。（《论语·述而》）

子曰："兴于诗，立于礼，成于乐。"（《论语·泰伯》）

子曰："吾自卫反鲁，然后乐正，雅颂各得其所。"（《论语·子罕》）

子曰："诵诗三百，授之以政，不达；使于四方，不能专对。虽多，亦奚以为？"（《论语·子路》）

子曰："辞达而已矣。"（《论语·卫灵公》）

译文：

孔子说："《诗》三百首，用一句话概括，就是'情思纯正无邪'。"

子夏问："'笑脸真灿烂，美目真妩媚，天生丽质显得真高雅。'是什么意思？"孔子说："先有宣纸，然后才能绘画。"子夏问："先有仁义，后有礼法吗？"孔子说："子夏，你启发了我，可以开始同你谈《诗》了！"

孔子说："弟子们，为何不学《诗》呢？《诗》，可以激发志趣，可以善于观察，可以使人友善，可以讥刺讽喻。近可以服侍父母，远可以侍奉君王；还可以认识很多鸟兽草木的名字。"

孔子对伯鱼说："你读过《周南》《召南》吗？一个人如果没读过《周南》《召南》，那不就好像面对着墙站着而无法前进吗？"

孔子说："《关雎》这首诗，欢乐而不放纵，哀愁而不伤痛。"

孔子与鲁国乐官讨论音乐，说："音乐是很容易了解的：开始演奏时，低沉；随后，纯正，清晰，绵长，这样就完成了。"

孔子评论《韶》乐，"尽善尽美"。评论《武》乐，"尽美不尽善"。

子贡说："贫穷却不阿谀奉承，富贵却不狂妄自大，这怎么样？"孔子说："可以。但比不上处于贫困仍乐于闻道，处于富贵仍爱好礼节也。"子贡说："《诗》云：'（像加工玉器、象牙那样）有切有磋，有雕琢有研磨。'就是这个意思吧？"孔子说："子贡，现在就可以同你讨论《诗》了！告诉你前面，你就理解后面了。"

孔子说："树立崇高的理想，培养高尚的品德，心怀仁慈友爱，陶冶高雅情操。"

孔子讲正音（普通话），读《诗》《书》，举行典礼时，都要用正音。

孔子说："以吟诵诗篇抒发热情、以坚守礼法建功立业、以聆听音乐愉悦身心。"

孔子说："我从卫国回到鲁国，然后整理乐曲，使《雅》《颂》各自归位。"

孔子说："读了《诗》三百篇，交给他政事，却不能完成任务；出使于外，又不能独立应对。这样，即使读得再多，又有什么用？"

孔子说："言辞只要能清晰表达就可以了。"

附录

何新译《离骚》

【原文】

帝高阳之苗裔兮，
朕皇考曰伯庸。
摄提贞于孟陬兮，
惟庚寅吾以降。
皇览揆余初度兮，
肇锡余以嘉名：
名余曰正则兮，
字余曰灵均。
纷吾既有此内美兮，
又重之以修能。
扈江离与辟芷兮，
纫秋兰以为佩。
汨余若将不及兮，
恐年岁之不吾与。
朝搴阰之木兰兮，
夕揽洲之宿莽。
日月忽其不淹兮，
春与秋其代序。

【译文】

我本是太阳神的嫡脉子孙，
我先祖是伟大的祝融。
当北斗星指着孟春之月，
我恰好在立春之日诞生。
父亲专注着我的生辰，
赐赠我以美善之名：
我被命名为"正则"，
我的字是"灵均"。
天赐给我美善的品质，
我更注重修持秀美的外形。
缠结芳香的江离与白芷，
以秀丽的秋兰做我的佩饰。
每天只怕追不上时光，
唯恐那岁月不等待我。
黎明登山寻找不死的木兰，
夜晚在水滨采集常绿的冬青。
太阳月亮来去终不停，
春来秋去脚步太匆匆。

惟草木之零落兮，　　　　看草木繁荣又衰落，
恐美人之迟暮。　　　　　只怕美貌也会逐渐消逝。
不抚壮而弃秽兮，　　　　为什么不追求美而放弃邪恶？
何不改乎此度？　　　　　为什么不改变那些过时的法度？

乘骐骥以驰骋兮，　　　　乘上骏马纵横驰骋，
来吾导夫先路？　　　　　让我来做你前导的先驱！

昔三后之纯粹兮，　　　　古先王们是那样的纯美，
固众芳之所在。　　　　　所有的芳草都聚集在周围。
杂申椒与菌桂兮，　　　　其中也有申椒和菌桂，
岂惟纫夫蕙茝！　　　　　并非只有蕙草和香茝！
彼尧舜之耿介兮，　　　　尧与舜是多么的正直，
既遵道而得路。　　　　　一切遵循天道而行事。
何桀纣之猖被兮，　　　　夏桀与商纣多么猖狂，
夫惟捷径以窘步。　　　　选择捷径必然自乱脚步。
惟党人之偷乐兮，　　　　小人们总是贪欢逐乐，
路幽昧以险隘。　　　　　他们的道路狭窄而险恶。
岂余身之惮殃兮，　　　　难道我是惧怕自己遭殃吗，
恐皇舆之败绩！　　　　　我只担心国家将会倾覆！
忽奔走以先后兮，　　　　我急急奔走争先恐后，
及前王之踵武。　　　　　正是为了追随先王的足迹。
荃不察余之中情兮，　　　王孙你竟不体察我的衷情，
反信谗而齌怒。　　　　　反而听信谗言对我发怒。
余固知謇謇之为患兮，　　我早知道直谏会招来灾祸，
忍而不能舍也。　　　　　但想忍而又不能。

指九天以为正兮，	让我指誓苍天来做证吧，
夫惟灵修之故也。	一切都只是为了君王你的缘故。
曰黄昏以为期兮，	与你约好黄昏相会，
羌中道而改路！	却不料竟中途变卦！
初既与余成言兮，	当初你曾与我约定誓言
后悔遁而有他。	为何后来又后悔逃避？
余既不难夫离别兮，	我并不伤心从此与你别离，
伤灵修之数化。	只担心君王你遭遇变故！ ①
余既滋兰之九畹兮，	我曾经栽下满园的春兰，
又树蕙之百亩。	又种植了成百亩的秋蕙。
畦留夷与揭车兮，	播下一畦畦芍药和揭车，
杂杜衡与芳芷。	还有杜蘅和各种芳草。
冀枝叶之峻茂兮，	原希望有一天花荣叶茂，
愿俟时乎吾将刈。	待到那盛开的时节将它们采摘。
虽萎绝其亦何伤兮，	如今虽已枯萎又何必忧伤，
哀众芳之芜秽。	哀叹群芳凋落沾满了污秽。
众皆竞进以贪婪兮，	世人由于贪婪而互相竞争，
凭不厌乎求索。	贪得无厌地拼力榨取。
羌内恕己以量人兮，	宽于待己却严而责人，
各兴心而嫉妒。	只会钩心斗角互相猜妒。
忽驰骛以追逐兮，	急于奔走追逐钻营利益，
非余心之所急。	那绝不是我心中之所愿。

---

① 楚怀王三十年（前299），楚怀王受秦王之邀赴秦参加会盟。屈原反对，楚怀王不听，入秦后即被扣留，卒于秦。

老冉冉其将至兮，
恐修名之不立。
朝饮木兰之坠露兮，
夕餐秋菊之落英。
苟余情其信姱以练要兮，
长颔颔亦何伤。
擥木根以结茝兮，
贯薜荔之落蕊。
矫菌桂以纫蕙兮，
索胡绳之纚纚。
謇吾法夫前修兮，
非世俗之所服。
虽不周于今之人兮，
愿依彭咸之遗则。

长太息以掩涕兮，
哀民生之多艰。
余虽好修姱以鞿羁兮，
謇朝谇而夕替。
既替余以蕙纕兮，
又申之以揽茝。
亦余心之所善兮，
虽九死其犹未悔。
怨灵修之浩荡兮，
终不察夫民心。

然而苍老正渐渐降临，
我只担心美德来不及建立。
晨饮木兰叶上的霜露，
晚食秋菊缤纷的落花，
只追求内心的优美与高洁，
形体消瘦又何必忧伤。
扯一枝藤蔓扎上香草，
系上一串串木莲的花蕊。
把菌桂削直联上蕙叶，
宽大的腰带又长又好。
虔诚地效仿古代的圣贤，
不能追随世俗的装扮。
虽然不合今人的时尚，
我愿遵循先祖的垂范。

我常常掩面叹息流泪，
悲悯百姓的生活多么艰难。
我一直努力修行严于责己，
怎奈朝令夕改竟一事无成。
你丢掉我精心编结的香囊，
我再献上美好的香草。
这始终是我心中的追求，
就是死九次也绝不后悔。
只怨君王你如此糊涂，
竟丝毫不能体察民心。

众女嫉余之蛾眉兮，　　　　　　那妖女①是由于嫉妒我的美丽，

谣诼谓余以善淫。　　　　　　才造谣说我为了邀宠而讨好。

固时俗之工巧兮，　　　　　　那些俗人善于取巧，

偭规矩而改错。　　　　　　无视规矩胡作非为。

背绳墨以追曲兮，　　　　　　丢掉绳墨信意涂抹，

竞周容以为度。　　　　　　信口雌黄丝毫无度。

忳郁邑余侘傺兮，　　　　　　压抑令我如此苦闷，

吾独穷困乎此时也。　　　　　这时代我本该安守贫困。

宁溘死以流亡兮，　　　　　　宁愿横死或者去流浪，

余不忍为此态也。　　　　　我也绝不效仿他们的丑态。②

鸷鸟之不群兮，　　　　　　雄鹰与麻雀不可能同群，

自前世而固然。　　　　　　自古以来就是如此。

何方圜之能周兮，　　　　　方榫怎能密合于圆洞，

夫孰异道而相安？　　　　　南辕北辙又怎能并驾齐驱？

屈心而抑志兮，　　　　　　扭曲内心而压抑志向，

忍尤而攘诟。　　　　　　承受抱怨而忍受责备。

伏清白以死直兮，　　　　　保持清白而正直地死去，

固前圣之所厚。　　　　　这才是古代圣贤所厚爱。

悔相道之不察兮，　　　　　悔恨没有察觉你迷失方向，

延伫乎吾将反。　　　　　你停停车驾快快回头。

回朕车以复路兮，　　　　请掉转车头回归于大道，

---

① 妖女，指受了贿赂而诱惑楚怀王的宠姬郑袖，其为秦国人张仪做内应。

② 屈原写此诗时，已被楚怀王放逐远迁。

及行迷之未远。 趁着误入歧途还不算太远。

步余马于兰皋兮， 纵马漫步鲜花盛开的山谷，

驰椒丘且焉止息。 奔向那高丘还不能停息。

进不入以离尤兮， 你去而不归令人担忧，

退将复修吾初服。 我停步重新整理旧服。

制芰荷以为衣兮， 编织菱叶与荷叶为新衣，

集芙蓉以为裳。 采集芙蓉做我的罩裙。

不吾知其亦已兮， 没人欣赏也没有关系，

苟余情其信芳。 我所追求的是内心的芬芳。

高余冠之岌岌兮， 让我戴起高昂的冠帽，

长余佩之陆离。 佩带上峥嵘的长剑。

芳与泽其杂糅兮， 精英与污垢即使相混杂，

唯昭质其犹未亏。 那灿烂的质地仍绝不改变。

忽反顾以游目兮， 不回头反顾目光游移。

将往观乎四荒。 我驰目天地展望远方。

佩缤纷其繁饰兮， 佩带缤纷繁复的装饰，

芳菲菲其弥章。 弥漫飘散着迷人的芬芳。

民生各有所乐兮， 世俗之人各有所爱，

余独好修以为常。 唯我把美作为永恒的追求。

虽体解吾犹未变兮， 即使粉身碎骨也不改变，

岂余心之可惩？ 难道我心会惧怕被创伤？

女媭之婵媛兮， 那位圆滑善变的女巫，

申申其詈予曰： 曾喋喋不休地劝我说：

鲧婞直以亡身兮， 鲧就是因耿直而丧身，

终然夭乎羽之野。　　　　　　　年纪轻轻就死在羽山的荒野。

汝何博謇而好修兮，　　　　　　你何必多言而且嘲讽别人，

纷独有此姱节？　　　　　　　　显示唯有你具有特殊的美德？

薋菉葹以盈室兮，　　　　　　　如果屋中堆满烂草，

判独离而不服？　　　　　　　　你能因此拒而不入？

众不可户说兮，　　　　　　　　我不可能一一说服所有的人，

孰云察余之中情？　　　　　　　谁又能真正理解我内心苦衷？

世并举而好朋兮，　　　　　　　世人谁不在拉结朋党，

夫何茕独而不予听？　　　　　　我何苦不听劝说而特立独行？

依前圣以节中兮，　　　　　　　遵照古圣贤的教诲而守志，

喟凭心而历兹。　　　　　　　　没想到命运遭际竟是如此。

济沅湘以南征兮，　　　　　　　让我远渡潇湘而南下吧，

就重华而陈辞：　　　　　　　　请求重华之神主持公正：

启九辩与九歌兮，　　　　　　　帝启①善辩而放歌，

夏康娱以自纵。　　　　　　　　夏康氏快乐而纵欲。

不顾难以图后兮，　　　　　　　不知危机不图长远，

五子用失乎家巷。　　　　　　　致使五个儿子丧失了家园。

羿淫游以佚畋兮，　　　　　　　后羿②沉溺享乐和狩猎，

又好射夫封狐。　　　　　　　　整天游射大尾巴的狐狸。

固乱流其鲜终兮，　　　　　　　胡作非为不得善终，

---

① 启，夏禹之子。

② 后羿，夏朝诸侯。

浞又贪夫厥家。	被寒浞①抄了后院。
浇身被服强圉兮，	浇②身披坚甲而自恃强悍
纵欲而不忍。	为所欲为而不知克制。
日康娱而自忘兮，	日日作乐以至忘形，
厥首用夫颠陨。	结果终于人头落地。
夏桀之常违兮，	夏桀③违背天道伦常，
乃遂焉而逢殃。	终究祸患降临而遭了殃。
后辛之菹醢兮，	纣辛④把反对者剁成肉酱，
殷宗用之不长。	宗庙倾覆统治不长。
汤禹俨而祗敬兮，	商汤与夏禹庄严而诚敬，
周论道而莫差。	行道周圆毫无偏颇。
举贤而授能兮，	选拔贤才任用智能，
循绳墨而不颇。	严守绳墨纹丝不差。
皇天无私阿兮，	上天是无私的，
览民德焉错辅。	体察民心后做出抉择。
夫维圣哲以茂行兮，	只有智慧明哲行为美好，
苟得用此下土。	才有资格永享天下。
瞻前而顾后兮，	回顾历史可以预知未来，
相观民之计极。	请仔细体察百姓的心意。
夫孰非义而可用兮？	不主持正义怎能执政？
孰非善而可服？	难道为政不善可以心安？
阽余身而危死兮，	我已预卜自身将遭遇危险而死，

---

① 寒浞，羿之家臣。
② 浇，寒浞之子。
③ 桀，夏朝末代帝王。
④ 纣辛，商朝末代帝王。

览余初其犹未悔。	但回顾往事我无怨无悔。
不量凿而正枘兮，	不能为迁就凿眼而改变卯榫，
固前修以菹醢。	哪怕因此而像先贤那样成为肉酱。

曾歔欷余郁邑兮，	我也曾唏嘘叹息苦闷，
哀朕时之不当。	哀叹自己生不逢时。
揽茹蕙以掩涕兮，	揽一把香草擦拭泪水，
霑余襟之浪浪。	不要让泪水滚落沾湿我的衣襟。
跪敷衽以陈辞兮，	铺开衣袍俯跪而祈祷，
耿吾既得此中正。	我一切所行都合于正义。
驷玉虬以乘鹥兮，	我驾起玉龙乘上凤车，
溘埃风余上征。	挟着风云向高天飞腾。
朝发轫于苍梧兮，	早晨我启程离开苍梧，
夕余至乎县圃。	傍晚我来到昆仑玄圃。
欲少留此灵琐兮，	在这仙境作片刻停留，
日忽忽其将暮。	太阳沉沉即将入暮。
吾令羲和弭节兮，	我呼唤羲和停止扬鞭，
望崦嵫而勿迫。	西望崦嵫①不必走近。
路曼曼其修远兮，	前路茫茫仍然遥远，
吾将上下而求索。	我将上天下地苦苦求索。
饮余马于咸池兮，	让我放马在银河纵饮，
总余辔乎扶桑。	把辔绳系上那高高的扶桑。
折若木以拂日兮，	那层云已遮去太阳的光辉，
聊逍遥以相羊。	我暂且下来游荡彷徨。

---

① 崦嵫，即安息（今伊朗），先秦人以为是西方日落处。

前望舒使先驱兮，　　　　　　　请月神望舒来做我的向导，
后飞廉使奔属。　　　　　　　　风神飞廉来助我飞奔。

鸾皇为余先戒兮，　　　　　　　请凤凰来为我开道，
雷师告余以未具。　　　　　　　雷神相伴我无所畏惧。

吾令凤鸟飞腾兮，　　　　　　　我让凤鸟先飞，
继之以日夜。　　　　　　　　　日以继夜不停歇。

飘风屯其相离兮，　　　　　　　龙卷风旋转着跟从，
帅云霓而来御。　　　　　　　　云彩飞虹都来迎接。

纷总总其离合兮，　　　　　　　纷纷扬扬若离若合，
斑陆离其上下。　　　　　　　　斑怪陆离上上下下。

吾令帝阍开关兮，　　　　　　　呼叫天帝使者打开天门，
倚阊阖而望予。　　　　　　　　他却倚在门上冷眼看我。

时暧暧其将罢兮，　　　　　　　天色晦暗白日将终，
结幽兰而延伫！　　　　　　　　我寄情于幽兰而呆呆伫立。

世溷浊而不分兮，　　　　　　　到处是昏暗而黑白不分，
好蔽美而嫉妒！　　　　　　　　到处都遮蔽嫉妒美善。

朝吾将济于白水兮，　　　　　　待清晨我再去横渡那白水，
登阆风而绁马。　　　　　　　　驾上疾风而纵驰奔马。

忽反顾以流涕兮，　　　　　　　蓦然回首我不禁流泪，
哀高丘之无女！　　　　　　　　悲哀那高丘上不见梦寐中的你。

溘吾游此春宫兮，　　　　　　　谁伴我同游春神的宫殿，
折琼枝以继佩。　　　　　　　　且折一枝琼枝作为纪念。

及荣华之未落兮，　　　　　　　趁着鲜花还未落尽，
相下女之可诒。　　　　　　　　再去寻找那所爱的人。

吾令丰隆乘云兮，　　　　　　　我命雷神驾起飞云，

求宓妃之所在。	去寻求爱神宓妃之所在。
解佩纕以结言兮，	解下佩带的香囊作为信物，
吾令蹇修以为理。	我以此请蹇修为我做媒。
纷总总其离合兮，	纷纷扬扬若即若离，
忽纬𫄸其难迁。	畏畏怯怯不愿远行。
夕归次于穷石兮，	夜晚栖宿在远方的戈壁，
朝濯发乎洧盘。	清晨沐发在弯曲的水滨。
保厥美以骄傲兮，	凭借美貌而骄傲自大，
日康娱以淫游。	每天放纵欢乐而悠游。
虽信美而无礼兮，	这生活虽美好却不合于礼法，
来违弃而改求。	我要放弃再去另外寻求。
览相观于四极兮，	巡览周天遍游八极，
周流乎天余乃下。	周流天宇回荡大地。
望瑶台之偃蹇兮，	终见远方有一座高台，
见有娀之佚女。	台上有有娀氏的美女。
吾令鸩为媒兮，	我托鸩鸟去为我做媒，
鸩告余以不好。	鸩鸟却对我讲起是非。
雄鸩之鸣逝兮，	请这雄鸩快闭上嘴吧，
余犹恶其佻巧。	我讨厌那种饶舌和轻佻。
心犹豫而狐疑兮，	我心中犹豫而又狐疑，
欲自适而不可。	想亲自去见却又没勇气。
凤皇既受诒兮，	凤凰既已受他人之托，
恐高辛之先我。	恐怕高辛氏比我先得。[①]
欲远集而无所止兮，	抱负远大却找不到归宿，

---

① 此节以有娀氏之女暗喻害怕西方的高辛氏后裔秦族率先变法而富强。

聊浮游以逍遥。	我姑且漂流四方逍遥流浪。
及少康之未家兮,	听说少康氏还未成家,
留有虞之二姚。	有虞氏家族还有两位美女。
理弱而媒拙兮,	但我的聘礼不足媒人又笨拙,
恐导言之不固。	恐怕去追求也是白搭。
世溷浊而嫉贤兮,	这世界肮脏而嫉妒贤能,
好蔽美而称恶。	好隐瞒美德而宣扬丑恶。
闺中既以邃远兮,	距离家园已愈来愈渺远,
哲王又不寤。	聪明的君王仍执迷不悟。
怀朕情而不发兮,	一往情深却无从吐发,
余焉能忍而与此终古?	我如何忍受这别离之苦?

索琼茅以筳篿兮,	取来灵草和竹策,
命灵氛为余占之。	请灵卜为我占算。
曰：两美其必合兮,	说：只有两美才能遇合,
孰信修而慕之?	但谁又能信守而长久地相爱?
思九州之博大兮,	九州天地是如此广阔,
岂惟是其有女?	难道天下只有一位美人?

曰：勉远逝而无狐疑兮,	说：快远行吧不要再狐疑,
孰求美而释女?	哪个欣赏美的人会不爱你?

何所独无芳草兮,	天涯何处找不到芳草,
尔何怀乎故宇?	又何必偏偏依恋于这片土地?
世幽昧以眩曜兮,	世道黑暗使人眼光迷离,
孰云察余之善恶?	又有谁能辨别真假善恶?

民好恶其不同兮，　　　　　人性的好恶本来就不同，

惟此党人其独异。　　　　　唯有那些小人格外奇特。

户服艾以盈要兮，　　　　　为什么在腰间缠挂臭艾，

谓幽兰其不可佩。　　　　　却说芳香的兰草不能佩带。

览察草木其犹未得兮，　　　连草木都不能鉴识，

岂珵美之能当？　　　　　　难道还能欣赏美玉？

苏粪壤以充帏兮，　　　　　取粪土去填充香囊，

谓申椒其不芳。　　　　　　却说申椒的味道缺乏芳香。

欲从灵氛之吉占兮，　　　　我虽有心听从灵卜的吉占，

心犹豫而狐疑。　　　　　　内心却仍在犹豫而狐疑。

巫咸将夕降兮，　　　　　　今夜巫咸①即将降临，

怀椒糈而要之。　　　　　　我已备好美酒欢迎。

百神翳其备降兮，　　　　　百神驾云一齐飞临，

九疑缤其并迎。　　　　　　九嶷山热情地举臂欢迎。

皇剡剡其扬灵兮，　　　　　光灿灿闪耀着雷电，

告余以吉故。　　　　　　　请快告诉我如何才能得到吉祥。

曰：勉升降以上下兮，　　　说：再努力上下求索，

求榘矱之所同。　　　　　　你应寻求心志相同的伙伴。

汤禹俨而求合兮，　　　　　商汤夏禹曾刻意寻求贤士，

挚咎繇而能调。　　　　　　只有伊尹②皋陶③能成为知音。

苟中情其好修兮，　　　　　只要真心追求美善，

① 巫咸，黄帝时的神巫。

② 伊尹，即挚，帮助商汤取天下的贤臣。

③ 皋陶，即咎繇，夏禹之贤臣。

又何必用夫行媒？ 　　又哪里用得着借助于媒人？

说操筑于傅岩兮， 　　傅说①曾筑墙于傅岩，

武丁用而不疑。 　　武丁见而重用不疑。

吕望之鼓刀兮， 　　吕望②出身于屠夫，

遭周文而得举。 　　遇文王而被举拔。

宁戚之讴歌兮， 　　宁戚③只是自唱自歌，

齐桓闻以该辅。 　　就被齐桓公引作辅佐。

及年岁之未晏兮， 　　趁你的年岁还未老，

时亦犹其未央。 　　前面还有不少大好时光。

恐鹈鴃之先鸣兮， 　　只怕那布谷鸟过早地啼叫，

使夫百草为之不芳。 　　使那些芳草鲜花闻声而凋谢。

何琼佩之偃蹇兮， 　　为何这样奇异的玉佩要被秘藏，

众薆然而蔽之。 　　人们由于珍爱反而遮蔽它的光辉。

惟此党人之不谅兮， 　　那些小人们不讲信用，

恐嫉妒而折之。 　　小心他们出于嫉妒而毁灭你。

时缤纷其变易兮， 　　时势反复而多变，

又何可以淹留？ 　　又怎能在此地久留？

兰芷变而不芳兮， 　　芳草正在失去香气，

荃蕙化而为茅。 　　鲜花也已化为茅草。

何昔日之芳草兮， 　　为什么昨日的芳草，

今直为此萧艾也。 　　今日竟变成野艾藤蒿。

岂其有他故兮， 　　难道有什么别的原因，

---

① 傅说，商高宗武丁之名相，出身奴隶，曾做筑工。

② 吕望，即姜太公，佐周文王夺取天下。

③ 宁戚，齐桓公之名臣，出身于寒族，与管仲一起辅佐桓公成就霸业。

莫好修之害也。	莫非自身不够美善而害了它们。
余以兰为可恃兮，	我本以为兰草① 可以信赖，
羌无实而容长。	想不到它只是徒具虚名。
委厥美以从俗兮，	放弃本有的美而去迎合世俗，
苟得列乎众芳。	哪里还配列名于群芳。
椒专佞以慢慆兮，	何况椒楱② 专横而又跋扈，
楱又欲充夫佩帏。	挤掉别人只想让自己独占香囊。
既干进而务入兮，	既然只会攀缘钻营，
又何芳之能祇。	又有什么芬芳值得赞扬。
固时俗之流从兮，	时俗一向随波逐流，
又孰能无变化。	又有谁能不发生变化。
览椒兰其若兹兮，	连椒兰都变质如此，
又况揭车与江离？	更何况那些小草与江离？
惟兹佩之可贵兮，	只有我佩带的香草最可贵，
委厥美而历兹。	经历这些磨难依然美丽。
芳菲菲而难亏兮，	香气飘飘而丝毫不减，
芬至今犹未沬。	芳香至今也不消失。
和调度以自娱兮，	让我调整身心去寻求欢娱吧，
聊浮游而求女。	何妨到处漫游寻找美女。
及余饰之方壮兮，	趁我的佩饰还很盛美，
周流观乎上下。	我要周游遍访天下。
灵氛既告余以吉占兮，	灵卜既已告诉我求吉的方法，

---

① 兰草，指公子黄歇，亦即后来的楚国名相春申君。
② 椒，指子椒。楱，指靳尚。二人皆为谗毁屈原的政敌。

历吉日乎吾将行。 选定吉日我即将出行。

折琼枝以为羞兮， 折下玉树之枝作为美食，

精琼爢以为粮。 磨碎碧玉而作为干粮。

为余驾飞龙兮， 为我驾起飞龙吧，

杂瑶象以为车。 用美玉及象牙装饰宝车。

何离心之可同兮， 与不同心者又怎能为伍，

吾将远逝以自疏。 让我远游他方去寻求解脱。

邅吾道夫昆仑兮， 围绕着昆仑山而旋转，

路修远以周流。 路漫漫我要周游远行。

扬云霓之晻蔼兮， 升起云旗遮阳，

鸣玉鸾之啾啾。 振响玉铃叮当。

朝发轫于天津兮， 黎明我从天河起程，

夕余至乎西极。 夜晚到达西天之极。

凤皇翼其承旂兮， 凤凰展翅联成旗帜，

高翱翔之翼翼。 高高翱翔愈飞愈高。

忽吾行此流沙兮， 忽而我进入了一片沙漠，

遵赤水而容与。 我沿着赤水周旋漂流。

麾蛟龙以梁津兮， 我命令蛟龙架起桥梁，

诏西皇使涉予。 叫西土之神带路跋涉。

路修远以多艰兮， 道路遥远而艰难，

腾众车使径待。 奔腾的众车轻装跟从。

路不周以左转兮， 踏过不周山我向左转道，

指西海以为期。 遥指西海正是我的目标。

屯余车其千乘兮， 追随我的车跟来了千辆，

齐玉轪而并驰。 看无数玉轮在齐步翻腾。

驾八龙之蜿蜿兮， 我驱驾八条蜿蜒的飞龙，

载云旗之委蛇。　　　　　　　　云霓之旗迎风飘扬。

抑志而弭节兮，　　　　　　　　我心志高扬而挥动着鞭子，

神高驰之邈邈。　　　　　　　　任神思奔腾飞驰向远方。

奏九歌而舞韶兮，　　　　　　　奏起神歌跳起韶舞，

聊假日以媮乐。　　　　　　　　迎着光明我纵情奔腾。

陟升皇之赫戏兮，　　　　　　　我登上太阳之神的明亮天国，

忽临睨夫旧乡！　　　　　　　　蓦然回首又望见了那故乡。

仆夫悲余马怀兮，　　　　　　　我的车夫悲叹马也眷恋故乡，

蜷局顾而不行。　　　　　　　　踌躇反顾而不肯再向前行。

乱曰：　　　　　　　　　　　　总而言之：

已矣哉！　　　　　　　　　　　一切过去的都已经结束了！

国无人莫我知兮，　　　　　　　在这国里还有谁能理解我，

又何怀乎故都！　　　　　　　　我又何必怀恋故都！

既莫足与为美政兮，　　　　　　既然不能一起共建美好的政制，

吾将从彭咸之所居！　　　　　　那我宁愿奔赴先祖彭咸所在的仙居！①

---

① 彭咸，即彭祖（祝融），太阳神。上古神话认为，日神及其官殿在大海中。故屈原赴水，即投寻彭咸所在之仙居也。

何新旧诗抄 ①

沁园春　三十抒怀

　　少年英俊，满腔豪气，志如朝华。挺身入世界，万般艰难，等闲看作，芥末尘沙。肉骨凡胎，烟熏火炼，是非海中搏浪花。惊回首，竟沧桑岁月，变化腾那（挪）。

　　人生自古多磨，更哪堪多情意婆娑。笑冷月残杯，欢愁醉解。孤帆浪迹，傲骨难压。遍历危机，依然壮志，笑谈人生乱如麻。理不尽，付苍茫往事，流水天涯。

行浙东丽水石门涧

碧水急湍夹岸来，两壁青山相对开。

车行高处云碍眼，路向弯时翠拥怀。

石如卧虎伏深莽，松似游龙拔地栽。

不堪听是艄公号，长歌一曲断肠哀。

游 雁 荡 山

古道按杖且徐行，清溪鸣筝放耳听。

巨石如斗云托起，曲洞深幽天凿成。

半日云看三千变，终年山有一色青。

问路高崖采药叟，惊语却是七旬翁。

---

① 此部分旧体诗作于 1979—1985 年。

满庭芳　赠女友

孤枕梦残，往事千端，月华暗送飞霜。眉间心际，几回动愁肠。人间谁真知己？妄自作多情惆怅。正夜深，寒星万点，寄心事苍茫。

魂伤！犹记否，轻分罗带，暗解香裳。更枕席颠倒，云雨轻狂。燕子楼空人去，余颊上淡淡唇香。难分舍，推倒杯盏，灯火自昏黄。

凤凰台上忆吹箫　赠女友

独立危栏，霜风残叶，秋在杨柳梢头。更暮气袭来，残照当楼。惹动一怀思绪，剪不断，霞飞云游。人何似？墙头弱草，急水孤舟。

无言！往事悠悠。看塞鸿飞去，岂我能留？叹世情纸薄，歧路分手。纵有海山盟誓，终不过，几点孤愁。伤心处，一撮烟蒂，半杯浊酒。

沁园春　送女友辞国远游

从兹一别，天涯海角，两地魂伤。看一水横陈，风烟寥阔。心高志远，寒暑炎凉。我有愁思，寄托明月，万里人间共此光。白驹逝，笑百年易过，底须惆怅？

当初萍水相逢，竟酿成而今恨满腔。叹长夜煎人，几番难寐。耳鬓厮磨，日短情长。歧路迢迢，大野荆棘，弥望波涛更大荒。愿此去，唯诸事如意，好运频将。

沁园春　自嘲

学海苍茫，勤搜苦探，浪迹萍踪。叹孤帆来去，微形渺影，水天空阔，大道无穷。蓬岛何乡，琼阁安在？无底无根系缆绳。风涛里，只云烟痕迹，一掠平生。

百年几许光阴，纵遍历恒沙路难平。羡高翔鸥鸟，超然寥阔。蝇头蜗角，笑他浮名。喜怒由人，行藏在我，自了人间不了情。归去来，向屎（史）中觅道，沙里求金。

四 时 杂 咏

春 阴①
楼上黄昏欲望休，玉梯横绝月如钩。

积阴不散霜飞晚，同向春风各自愁。

夏 雨②
雨暗苍江晚未晴，相思迢递隔重城。

芭蕉不解丁香结，映日荷花别样红。

秋 月③
自古逢秋悲寂寥，独立疏篱意未穷。

今夜月明人尽望，留得枯荷听雨声。

冬 雪④
轻于柳絮重于霜，手持轻杯看雪飞。

多少天涯未归客，起看残月映林微。

---

① 集唐李商隐诗句。

② 集宋道潜、唐李商隐、宋杨万里诗句。

③ 集唐刘禹锡、宋郑思肖、唐王建、唐李商隐诗句。

④ 集唐李商隐、明刘伯温、明唐寅、明汤显祖诗句。

何新作品出版年表

译著

[1][英]弗朗西斯·培根.培根论人生[M].何新,译.上海:上海人民出版社.1983

[2][英]弗朗西斯·培根.人生论[M].何新,译.长沙:湖南人民出版社,1987

[3][英]弗朗西斯·培根.人性的探索[M].何新,译.哈尔滨:黑龙江人民出版社,1988

[4][英]弗朗西斯·培根.培根人生随笔[M].何新,译.北京:人民日报出版社,1996

[5][英]弗朗西斯·培根.培根论人生[M].何新,译.北京:中国友谊出版公司,2001

[6][英]弗朗西斯·培根.培根人生论[M].何新,译.西安:陕西师范大学出版社,2003

[7][英]弗朗西斯·培根.人生论[M].何新,译.北京:中国友谊出版公司,2003

[8][英]弗朗西斯·培根.培根人生随笔[M].何新,译.北京:人民日报出版社,2007

专著

[1]何新.诸神的起源[M].北京:生活·读书·新知三联书店,1986

[2]何新.神龙之谜[M].延吉:延边大学出版社,1988

[3]何新.艺术现象的符号[M].北京:人民文学出版社,1987

［4］何新. 中国文化史新论［M］. 哈尔滨：黑龙江人民出版社，1987

［5］何新. 中国远古神话与历史新探［M］. 哈尔滨：黑龙江教育出版社，1988

［6］何新. 何新集［M］. 哈尔滨：黑龙江教育出版社，1988

［7］何新. 龙：神话与真相［M］. 上海：上海人民出版社，1989

［8］何新. 诸神的起源（韩文版）［M］. 洪熹，译. 汉城（今首尔）：东文堂，1990

［9］HE XIN. *Democracy And Socialism Form the Eyes of A Chinese Scholar.* NEW STAR PUBLISHERS, 1990

［10］何新. 世纪之交的中国与世界［M］. 成都：四川人民出版社，1991

［11］何新. 东方的复兴（第一卷）［M］. 哈尔滨：黑龙江人民出版社，黑龙江教育出版社，1991

［12］何新. 东方的复兴（第二卷）［M］. 哈尔滨：黑龙江教育出版社，1992

［13］何新. 爱情与英雄［M］. 成都：四川人民出版社，1992

［14］何新. 何新政治经济论集［M］. 哈尔滨：黑龙江教育出版社，1995

［15］何新. 中华复兴与世界未来（上下卷）［M］. 成都：四川人民出版社，1996

［16］何新. 诸神的起源［M］. 北京：光明日报出版社，1996

［17］何新. 培根人生随笔［M］. 北京：人民日报出版社，1996

［18］何新. 危机与反思（上下卷）［M］. 北京：国际文化出版公司，1997

［19］何新. 为中国声辩［M］. 济南：山东友谊出版社，1997

［20］何新. 孤独与挑战［M］. 济南：山东友谊出版社，1998

［21］何新. 诸神的起源（日文版）［M］. 后藤典夫，译. 东京：树花舍，1998

［22］何新. 新战略论·国际编［M］. 成都：四川人民出版社，1999

［23］何新. 新战略论·经济编［M］. 成都：四川人民出版社，1999

［24］何新.新战略论·政治文化编［M］.成都：四川人民出版社，1999

［25］何新.中华的复兴（韩文版）［M］.汉城（今首尔）：白山私塾，1999

［26］何新.龙：神话与真相（第2版）［M］.上海：上海人民出版社，2000

［27］何新.思考：我的哲学与宗教观［M］.北京：时事出版社，2001

［28］何新.思考：新国家主义的经济观［M］.北京：时事出版社，2001

［29］何新.艺术分析与美学思辨［M］.北京：时事出版社，2001

［30］何新.大易新解［M］.北京：时事出版社，2002

［31］何新.古本老子《道德经》新解［M］.北京：时事出版社，2002

［32］何新.爱情与英雄［M］.北京：时事出版社，2002

［33］何新.龙：神话与真相［M］.北京：时事出版社，2002

［34］何新.诸神的起源［M］.北京：时事出版社，2002

［35］何新.宇宙的起源［M］.北京：时事出版社，2002

［36］何新.美学分析［M］.北京：中国民族摄影出版社，2002

［37］何新.论中国历史与国民意识［M］.北京：时事出版社，2002

［38］何新.全球战略问题新观察［M］.北京：时事出版社，2003

［39］何新.论政治国家主义［M］.北京：时事出版社，2003

［40］何新.孔子论人生［M］.北京：时事出版社，2003

［41］何新.圣与雄［M］.北京：金城出版社，2004

［42］何新.何新集［M］.北京：时事出版社，2004

［43］何新.风［M］.北京：时事出版社，2004

［44］何新.谈龙说凤［M］.北京：时事出版社，2004

［45］何新.泛演化逻辑引论［M］.北京：时事出版社，2005

［46］何新.诗经（史诗）新解：雅与颂［M］.北京：时事出版社，2007

［47］何新.诗经（情诗）新解：风与雅［M］.北京：时事出版社，2007

［48］何新.论语新解：思与行［M］.北京：时事出版社，2007

［49］何新.老子新解：宇宙之道［M］.北京：时事出版社，2007

［50］何新.孔子年谱［M］.北京:时事出版社，2007

［51］何新.天问新解:宇宙之问［M］.北京:时事出版社，2007

［52］何新.尚书新解:大政宪典［M］.北京:时事出版社，2007

［53］何新.楚辞新解:圣灵之歌［M］.北京:时事出版社，2007

［54］何新.楚帛书与夏小正新解:宇宙起源［M］.北京:时事出版社，2007

［55］何新.易经新解:天行健［M］.北京:时事出版社，2007

［56］何新.孙子兵法新解:兵典［M］.北京:时事出版社，2007

［57］何新.谈龙说凤［M］.北京:时事出版社，2007

［58］何新.诸神的起源［M］.北京:时事出版社，2007

［59］何新.雄:汉武大帝新传［M］.北京:时事出版社，2007

［60］何新.龙:神话与真相［M］.北京:时事出版社，2007

［61］何新.我的哲学思考:方法与逻辑［M］.北京:时事出版社，2008

［62］何新.圣灵之歌:《楚辞》新考［M］.北京:中国民主法制出版社，
2008

［63］何新.圣:孔子年谱［M］.北京:中国民主法制出版社，2008

［64］何新.雄:汉武帝评传及年谱［M］.北京:中国民主法制出版社，
2008

［65］何新.龙:神话与真相［M］.北京:中国民主法制出版社，2008

［66］何新.兵典:《孙子兵法》新考［M］.北京:中国民主法制出版社，
2008

［67］何新.思与行:《论语》新考［M］.北京:中国民主法制出版社，
2008

［68］何新.宇宙之问:《天问》新考［M］.北京:中国民主法制出版社，
2008

［69］何新.风与雅:《诗经》新考（上下卷）［M］.北京:中国民主法制
出版社，2008

［70］何新.雅与颂：华夏上古史诗新考［M］.北京：中国民主法制出版社，2008

［71］何新.宇宙的起源：《楚帛书》与《夏小正》新考［M］.北京：中国民主法制出版社，2008

［72］何新.诸神的起源（第一卷）：华夏上古日与母神崇拜［M］.北京：中国民主法制出版社，2008

［73］何新.诸神的起源（第二卷）：论龙与凤的动物学原型［M］.北京：中国民主法制出版社，2008

［74］何新.大政宪典：《尚书》新考［M］.北京：中国民主法制出版社，2008

［75］何新.宇宙之道：《老子》新考［M］.北京：中国民主法制出版社，2008

［76］何新.天行健：《易经》新考［M］.北京：中国民主法制出版社，2008

［77］何新.何新论金融危机与中国经济［M］.北京：华龄出版社，2009

［78］何新.反主流经济学（上下卷）［M］.北京：时事出版社，2010

［79］何新.哲学思考（上下卷）［M］.北京：时事出版社，2010

［80］何新.圣灵之歌：《楚辞》新考（精）［M］.北京：中国民主法制出版社，2010

［81］何新.圣：孔子年谱（精）［M］.北京：中国民主法制出版社，2010

［82］何新.雄：汉武帝评传及年谱（精）［M］.北京：中国民主法制出版社，2010

［83］何新.龙：神话与真相（精）［M］.北京：中国民主法制出版社，2010

［84］何新.兵典：《孙子兵法》新考（精）［M］.北京：中国民主法制出版社，2010

［85］何新.思与行：《论语》新考（精）［M］.北京：中国民主法制出版社，

2010

　　［86］何新.宇宙之问:《天问》新考（精）［M］.北京:中国民主法制出版社,2010

　　［87］何新.风与雅:《诗经》新考（上下卷）（精）［M］.北京:中国民主法制出版社,2010

　　［88］何新.雅与颂:华夏上古史诗新考（精）［M］.北京:中国民主法制出版社,2010

　　［89］何新.宇宙的起源:《楚帛书》与《夏小正》新考（精）［M］.北京:中国民主法制出版社,2010

　　［90］何新.诸神的起源（第一卷）:华夏上古日与母神崇拜（精）［M］.北京:中国民主法制出版社,2010

　　［91］何新.诸神的起源（第二卷）:论龙与凤的动物学原型（精）［M］.北京:中国民主法制出版社,2010

　　［92］何新.大政宪典:《尚书》新考（精）［M］.北京:中国民主法制出版社,2010

　　［93］何新.宇宙之道:《老子》新考（精）［M］.北京:中国民主法制出版社,2010

　　［94］何新.天行健:《易经》新考（精）［M］.北京:中国民主法制出版社,2010

　　［95］何新.何新论美［M］.北京:东方出版社,2010

　　［96］何新.何新论中国经济［M］.北京:东方出版社,2010

　　［97］何新.汇率风暴:中美货币战争内幕揭秘［M］.北京:中国书籍出版社,2011

　　［98］何新.统治世界1:神秘共济会揭秘［M］.北京:中国书籍出版社,2011

　　［99］何新.奋斗与思考［M］.沈阳:万卷出版公司,2011

［100］何新. 孔丘年谱长编［M］. 北京：同心出版社，2012

［101］何新. 论孔子［M］. 北京：同心出版社，2012

［102］何新. 圣者：孔子传［M］. 北京：同心出版社，2012

［103］何新. 何新论《易经》（上下卷）［M］. 北京：中国书籍出版社，2012

［104］何新. 统治世界 2：手眼通天共济会［M］. 北京：同心出版社，2013

［105］何新. 希腊伪史考［M］. 北京：同心出版社，2013

［106］何新. 新国家主义经济学［M］. 北京：同心出版社，2013

［107］何新. 哲学思考［M］. 沈阳：万卷出版公司，2013

［108］何新. 反主流经济学［M］. 沈阳：万卷出版公司，2013

［109］何新. 老饕论吃［M］. 沈阳：万卷出版公司，2014

［110］何新.《夏小正》新考［M］. 沈阳：万卷出版公司，2014

［111］何新. 新逻辑主义哲学［M］. 北京：同心出版社，2014

［112］何新.《心经》新诠［M］. 北京：同心出版社，2014

［113］何新. 希腊伪史续考［M］. 北京：中国言实出版社，2015

［114］何新. 有爱不觉天涯远：何新品《诗经》中的情诗［M］. 北京：中国文联出版社，2016

［115］何新. 野无遗贤万邦宁：何新品《尚书》［M］. 北京：中国文联出版社，2016

［116］何新. 温柔敦厚雅与颂：何新品《诗经》中的史诗［M］. 北京：中国文联出版社，2016

［117］何新. 举世皆浊我独清：何新品《楚辞》［M］. 北京：中国文联出版社，2016

［118］何新. 道法自然天法道：何新品《老子》［M］. 北京：中国文联出版社，2016

［119］何新. 大而化之谓之圣：何新品《论语》［M］. 北京：中国文联出版社，2016

［120］何新.天地大美而不言：何新品《夏小正》［M］.北京：中国文联出版社，2016

［121］何新.兵法之谋达于道：何新品《孙子兵法》［M］.北京：中国文联出版社，2016

［122］何新.路漫漫其修远兮：何新品《离骚》［M］.北京：中国文联出版社，2016

［123］何新.统治世界3：世界历史中的神秘共济会［M］.沈阳：辽宁人民出版社，2018

［124］何新.诸神的起源（增订本）［M］.北京：民主与建设出版社，2018

［125］何新.诸神的世界［M］.北京：现代出版社，2019

［126］何新.诸子的真相［M］.北京：现代出版社，2019

［127］何新.中国文明的密码［M］.北京：现代出版社，2019

［128］何新.汉武帝大传［M］.上海：华东师范大学出版社，2019

［129］何新.柔弱胜刚强：何新讲《老子》［M］.上海：华东师范大学出版社，2019

［130］何新.孔子的智慧：何新讲《论语》［M］.上海：华东师范大学出版社，2019

编著

［1］何新，编.中外文化知识辞典［Z］.哈尔滨：黑龙江教育出版社，1989

【附】关于何新的评论与研究

［1］杨子江，编.何新批判［C］.成都：四川人民出版社，1999

［2］张晓霞.中国高层智囊［M］.西安：陕西师范大学出版社，2001

［3］西隐.中国高层文胆［M］.杭州：浙江人民出版社，2008

［4］倪阳.何新研究与批判［M］.合肥：安徽大学出版社，2012